Destroy

毁灭

[前苏联]法捷耶夫◎著 羊清露◎译

天津出版传媒集团
天津人民出版社

图书在版编目（CIP）数据

毁灭 / (苏) 法捷耶夫著 ; 羊清霧译. -- 天津 : 天津人民出版社, 2016.9（2019.6重印）

ISBN 978-7-201-10885-8

Ⅰ. ①毁… Ⅱ. ①法… ②羊… Ⅲ. ①长篇小说—苏联 Ⅳ. ①I512.45

中国版本图书馆CIP数据核字（2016）第236795号

毁灭

HUI MIE

出　　版　天津人民出版社
出 版 人　黄　沛
地　　址　天津市和平区西康路35号康岳大厦
邮政编码　300051
邮购电话　（022）23332469
网　　址　http: //www.tjrmcbs.com
电子信箱　tjrmcbs@126.com
责任编辑　刘子伯
印　　刷　北京欣睿虹彩印刷有限公司
经　　销　新华书店
开　　本　880×1230毫米　1/32
印　　张　5.5
插　　页　8
字　　数　176千字
版次印次　2016年9月第1版　2019年6月第3次印刷
定　　价　26.80元

Morozka glanced around furtively, riding a horse toward the shabby hut. (P16)

He stopped at the apple tree, staring at a dusty-grey beetle with a big head for a long time, which was drilling holes in the bark.

(P18)

The river rippled out in the shallows, leaping over boulders noisily, making clear sound pleasing to the ear. (P42)

On entering the village, they came across several dogs barking at them lazily.

(P77)

Mitched let out a cry and started to run out, having no idea what he was doing. (P91)

First of all, each family had their own garden. (P108)

It was actually a good horse. (P121)

Baklanov was riding a horse, walking side by side with him.

(P155)

前言

1919年夏秋之间，共产党员莱奋生领导的一支游击队活动在西伯利亚滨海苏昌地区。

一天，莱奋生派矿工出身的传令兵莫罗兹卡去送信。送信途中，莫罗兹卡救了一个被白匪军打伤的年轻人密契克，将他送往军医院。归途中，莫罗兹卡违纪偷了田里的瓜。莱奋生批评了他。不久莱奋生为了保存他们的部队，他们准备转移。

密契克在医院养伤时，瓦丽亚对这个“白面书生”产生了好感，密契克也爱上了她，但又不敢向她表白。莫罗兹卡为此事同妻子吵架。他要求调回杜鲍夫的矿工排，决心今后做一名好战士。密契克伤愈出院后被分配到库勃拉克排，队员们嘲笑他的知识分子习气。他在外表上虽然逐渐变得跟大伙一样，但思想深处仍和大家格格不入。

情况越来越严重，莱奋生决定组织一次夜间紧急集合，以检查战备的情况。这时，乌苏里江一带已被敌人占领，白军的侦察兵多次同莱奋生的巡逻队相遇，莱奋生只好把部队撤到森林里隐蔽。游击队在极端困难的条件下且战且退，由150人减员到120人。英勇的游击队员麦杰里察外出侦察时不幸被俘，惨遭杀害。莱奋生率领部队赶来，击退了哥萨克骑兵连，占领了村子。半夜，敌人集中优势兵力前来袭击，游击队仓皇撤回森林，但敌人跟踪追击，沼泽地又挡住了游击队的去路，情况十分危急。这时，莱奋生高举火把走在队伍的前面，指挥队员们砍下柳条树枝，在沼泽地上铺路，使部队突围脱险。

在通往士陀－瓦卡的大道上，已疲惫不堪的游击队又一次遇到敌人的伏击。被派担任巡逻任务的密契克在发现敌人后私自逃跑了，紧跟在他后边的莫罗兹卡发现敌情后却鸣枪报警，当即被敌人打死。莱奋生率领队员们奋力战斗，终于摆脱了敌人，来到大路边的打麦场旁。这时，全队只剩下19个人了。

莱奋生默默地扫视了一下远处打麦场上的人们，他想，他应该很快地把打麦场上的这些人变成自己人，就像默默地跟在他身后的17个人一样。他想：他必须活着，并且尽自己的责任。

目录 Contents

第一章

莫罗兹卡

莱奋生走下台阶，来到院子里，腰上挂着的那把日式破军刀碰得阶梯咔咔作响。田野里飘来一股股芳香的荞麦味，七月的太阳徜徉在透着玫瑰色和白色的云彩中，炙热无比。

传令兵莫罗兹卡正一边在防水帆布上晾晒燕麦，一边又忙着用鞭子驱赶那群可恶的珠鸡。

“去，把这个送到沙尔狄巴的支队，”莱奋生掏出一个密封的信封说道，“再告诉他……算了，不用了，都写在上面了。”

莫罗兹卡有些闷闷不乐，他别过头，轻轻挥动鞭子。他不想去，他已经烦透了这些枯燥的公差、没有油水的信件，特别不解莱奋生眼里流露出的奇怪神情。莱奋生用像湖泊一样深邃的目光注视着莫罗兹卡——他穿的靴子、他身上的一切，关注到的一些有趣的地方大概连莫罗兹卡自己也没意识到。

“狗杂种！”传令兵委屈地眨了眨眼睛，心里骂道。

“喂，还在等什么？”莱奋生斥责道。

“队长同志，为什么总是派莫罗兹卡出去，就没别人了吗？”

莫罗兹卡故意称呼他“队长同志”，听起来似乎更加正式一些，平时他都是直呼莱奋生的名字。

“你是不是想让我亲自去？”莱奋生带着讥讽的口气问道。

“干吗你亲自去？不是还有其他人么……”

莱奋生实在忍无可忍，一下子把信塞进自己的兜里。

“把枪交给军需官，”他严肃地说，“马上从这里滚出去，我这儿不需要游手好闲的家伙。”

河面上拂过一缕微风，吹起莫罗兹卡蓬乱的卷发，在平房旁边干燥的艾草丛里，蚂蚱不顾炙热的天气蹦来蹦去。

“等一下！”莫罗兹卡阴沉着脸，“把信给我！”

他把信拿过来，胡乱往上衣里一塞，没向莱奋生做任何解释，而是自言自语道：“离开队伍，交出枪？那怎么行呢！”说着，他把布满尘土的帽子往后脑勺一推，以一种友好的，甚至兴奋的语气接着说，“莱奋生，我的朋友！我们可不是因为你那漂亮的眼睛才开始干这个的，我只是按矿工的性子直说罢了。”

“这才像话。”队长笑着说，“刚才你真不该跟头倔驴似的，你这个笨蛋。”莫罗兹卡抓着莱奋生上衣的纽扣把他拽了起来，神神秘秘地小声说：

“瞧，伙计，我正准备去医院看瓦莉娅，而你却带着这封信过来，事实证明你才是个笨蛋。”

他顽皮地闭起一只绿褐色的眼睛，咯咯地笑了起来。即使是现在，一提到他妻子，他的笑声里仍然带着猥琐的意味，这种情感在他头脑里已经根深蒂固了。

“提莫莎！”莱奋生向坐在门廊上睡眼惺忪的小伙子喊，“晒燕麦去，莫罗兹卡要出去了。”

马厩旁，爆破手冈察仁科正骑在一个反扣的马槽上，缝补皮袋子。

他穿着粗布衬衣，没戴帽子，晒得黝黑，浓密的深红色大胡子缠在一起，火石样的脸对着袋子，十分用劲儿地攥着针，像握着一把干草叉，结实的肩膀像磨石似的一起一伏，聚精会神地缝补着。

“怎么，又要出去？”爆破手问道。

“是的，尊敬的爆破手阁下！”莫罗兹卡笔直地立正站好，把手随便一举，敬了个礼。

“稍息！”冈察仁科拖着长腔，和蔼地说，“以前我也这样傻。他派你去干什么？”

“噢，没什么大事，队长就是想让我出去活动一下。他担心如果我老没事做就会生出一大堆娃来。”

“蠢货！”爆破手嘟囔道，“苏昌来的喋喋不休的蠢货！”

莫罗兹卡从马厩里把马牵出来，这匹小公马警觉地抽动着耳朵，它很强壮，浑身的毛乱蓬蓬的，长相颇像它的主人：清澈的绿褐色眼珠，矮墩墩的身材，罗圈腿，还有一副淘气猥亵的表情。

“米什卡！你这个小魔鬼！”莫罗兹卡边拉紧马的肚带，边疼爱地咕哝着，“米什卡！该死的小杂种！”

“要是它知道怎么骑的话，”冈察仁科一本正经地说，“上帝作证，那就该是它骑你，而不是你骑它了。”

莫罗兹卡骑上马，离开了院子。

河边的那条乡间小路野草丛生，崎岖不平。岸边是一片沐浴在阳光里的小麦田和荞麦地，锡霍特—阿林山脉的蓝色山峰在水汽弥漫的薄雾中绵延。

莫罗兹卡的祖父是苏昌人，在家种地，遭到上帝的抛弃和众人的欺辱，被迫离开了黑土地，进煤矿当矿工。后来，莫罗兹卡的父亲也当了矿工。

莫罗兹卡出生在二号矿井附近一间昏暗简陋的房子里，当时正是上午换班的时间，哨声刺耳地响着。

“又是儿子？”他父亲问道。这时，矿上的医生从小屋里出来，告诉了他。“第四个了，”他的父亲自嘲道，“生活真幸福呀！”

说完他就套上那件已经被煤灰染成黑色的防雨夹克，步履蹒跚地上班去了。

十二岁的时候，莫罗兹卡已经知道听到哨声要起床，还学会了推小煤车、粗鲁地骂人、狂饮伏特加。在苏昌的矿场，有多少酒鬼就有多少酒馆。

离矿井二百码的地方是山谷的尽头，丘陵地带从这里开始。山坡上，长满苔藓的巨大的杉树阴沉地俯视着村庄。在薄雾笼罩的灰蒙蒙的早晨，泰加森林[①]里的鹿会使劲儿叫唤，想盖过矿场的哨声。拉煤车每天都要穿越山岭之间浅蓝色的缝隙，经过陡峭的山隘，顺着没有尽头的轨道爬向康沟子车站。山脊上沾满黑色机油的绞车转动着光滑的绳索，因绷得太紧而不断颤动。山隘下，几间石屋散落在芬芳的杉树林里，有人在干活，却不知道是为谁在干活。火车的汽笛发出不和谐的鸣叫，电动升降机也在隆隆作响。多么幸福的生活啊！

在这样的环境里，莫罗兹卡没去开辟新的人生之路，而是踏着父辈的足迹，选择了那条平稳的老路。后来，他买了一件棉缎料的衬衣和一双小牛皮的高筒靴，假期里就到山谷里的那个小村庄去，和其他的年轻人一起拉手风琴，吼叫粗俗的调子，“讨好”村里的姑娘。

回去的路上，这群矿工们又会去偷西瓜和熟透的胖黄瓜，到水流湍急的山溪里玩水嬉戏。他们那充满活力的喊叫声吵醒了整个泰加森林，连美丽的月亮也躲在悬崖后面羡慕地端详着他们。河面上漂浮着一层温暖又潮湿的薄雾。

再往后，莫罗兹卡被抓进警局的一间肮脏的牢房，到处弥漫着臭虫味和裹脚布的汗味。那件事发生在四月罢工的高潮期。井下的地下水像矿场瞎马流出的眼泪一样浑浊，日复一日地在巷道里流淌，没有人去抽干它。

抓莫罗兹卡去坐牢，不是因为他犯了什么惊天动地的大事，而是因为他喜欢吹闲牛，警察想吓唬一下他，逼迫他供出罢工的领导者。莫罗兹卡和蚂蚁河的私酒贩子一起被关在臭气熏天的牢房里，他给牢友讲了许多荤故事以打发时间，但是一直没有把有关罢工领导人的消息泄露出来。

① 泰加森林是指西伯利亚冻土带以南的针叶树林。

再往后，他上了前线，被分到骑兵团。在那里，他和其他的骑兵一样，鄙视那些“走路的人”。他六次负伤，两次患弹震症，在大革命前夕就被永久免除兵役。

回家后，他接连狂饮了两个星期，然后和在一号矿井推车的一名女工结了婚。那名女工心地善良，但个人生活不检点。他没有多想，回到煤矿就干起了老本行。生活对他来说就像苏昌瓜田里圆圆的黄瓜一样简单明了。

1918年他和妻子一起离开家乡去保卫苏维埃，也许是一时冲动。不管怎么说，从那以后他再也没有回到矿上，他们没能保卫好苏维埃，而新政权[①]也瞧不起像莫罗兹卡这类人。

米什卡一路小跑，钉了铁掌的马蹄发出愤怒的“咔嗒咔嗒”声，深灰色的马蝇绕着它的耳朵嗡嗡作响，它们钻进它乱蓬蓬的毛里叮咬它，直到咬出血。

莫罗兹卡策马来到丝维亚基诺军事区，沙尔狄巴支队驻扎的克雷洛夫卡村就藏在山后面，山上长满了翠绿的榛树。

“嗡嗡……嗡嗡……”马蝇一刻不停地叫着。

突然山背后传来一声奇怪而沉闷的爆炸声。接着，两声、三声，好像一头野兽挣断了绳索，在多刺的灌木丛中飞奔。

“停！”莫罗兹卡勒住缰绳，低声说。

米什卡顺从地停住脚步，结实的身躯突然绷紧，一动不动地站在那儿。“听见了吗？是枪声！”传令兵在马鞍上挺直身体，小声说，“枪声，对吧？”

“嗒—嗒—嗒”，机枪在山后不停地扫射，像一根燃烧的线，和猎枪震耳欲聋的“砰砰”声、日本卡宾枪刺耳的“噼里啪啦”声交织在一起。“快跑！”莫罗兹卡紧张地大声嚷。

他的脚尖紧贴着马镫，颤抖的手指打开手枪的皮套。这时米什卡已经越过了沙沙作响的灌木丛，奔向山顶。

① 指当时西伯利亚的高尔察克政权。1918年11月，在帝国主义的支持下，以高尔察克为首，在乌拉尔、西伯利亚及远东建立反革命的军事独裁政权，1920年初被红军消灭。　编者注

快到达山顶时，莫罗兹卡勒住了缰绳。

“在这儿等着！”他说着，从马背上跳下来，把缰绳扔到马鞍上。米什卡非常忠诚，用不着拴起来。

莫罗兹卡匍匐着爬上山顶。右边，一队身材矮小，看起来几乎一模一样的人绕过克雷洛夫卡村，像接受检阅一般排着整齐的队伍向前跑，他们的军帽上都有绿色和黄色的带子。左边，在挂着金色麦穗的田地里，一群人惊慌失措地四散逃跑，一边跑一边开枪。被激怒的沙尔狄巴（莫罗兹卡认得他的黑马和尖顶的獾皮帽）不停地抽打着鞭子，却没能阻止人们逃跑。莫罗兹卡看到有人甚至偷偷地撕掉红带子。

“一群蠢猪！他们想干什么？到底要干什么？”莫罗兹卡咕哝着。听到枪响，他变得越来越兴奋。

惊恐万分的奔逃的人群中有一个瘦弱的年轻人，头上包着一块白毛巾，穿着短小的城里样式的夹克，笨拙地拖着枪，独自一瘸一拐地往前走。其他的人似乎为了不丢下他，都跑得很慢。人群很快变得稀疏，包着白毛巾的小伙子跌倒了，不过还没死，他挣扎着要站起来，一个人往前爬。他伸出手，嚷着什么。

其他人跑得更快了，没有人停下来照顾他。

“该死的混蛋！他们到底在做什么？”莫罗兹卡又叫喊道，他紧张地握着卡宾枪，手心冒着冷汗。

“米什卡！过来！”他用一种异乎寻常的声音大声喊叫。

那匹小雄马全身都被刮伤了，流着血，它发出一声柔和的嘶叫，鼻孔张大，跳跃着来到山顶。

没过几秒钟，莫罗兹卡就像飞翔的鸟儿一样飞过了麦田。深灰色的马蝇在米什卡的头顶上凶猛地叫嚷着，马背像是掉进了深渊，麦子在它的脚下沙沙作响。

“趴下！”莫罗兹卡嚷了一声，把缰绳扔到一边，用力地把马刺刺进米什卡的马身。米什卡不愿趴在枪林弹雨下，它一跃而起，绕着趴在地上呻吟的年轻人打转。那人头上的白毛巾已经渗满了鲜血。

“趴下！”莫罗兹卡声音嘶哑，使劲儿拽着马嚼子。

米什卡弯下颤抖的膝盖，趴到地上。

“疼啊……疼……”传令兵把受伤的小伙子拽到马鞍上时，小伙子还在不停地呻吟。他的脸色看起来很苍白，没有胡须，但脸上都是血。

“闭嘴，白痴！”莫罗兹卡愤怒地大声嚷道。

几分钟工夫，他坐到马背上，缰绳放到一边，两手揽着那个小伙子，绕过小山，向莱奋生队伍驻扎的村庄飞奔而去。

第二章

密契克

实际上，莫罗兹卡一点儿都不喜欢他救出来的那个小伙子。

莫罗兹卡从不欣赏长相漂亮的人，他觉得他们靠不住，不值得信赖，是无用之辈。而且，那个受伤的小伙子从一开始就显得非常懦弱。

“懦夫！”传令兵恨恨地从假牙缝里挤出这两个字，那个小伙子还未苏醒过来，正躺在利亚别茨小屋的床上，“一点儿擦伤就受不了了。”

莫罗兹卡本想再嘲讽几句，可是没找到合适的词。

“鼻涕虫，跟他们一样……”他恼火地抱怨着。

“别唠叨了！”莱奋生厉声打断他，“巴克拉诺夫！天黑以后把这个小伙子送到医院去。”

小伙子的伤已经包扎好了，他们在他的上衣口袋里发现了一些钱、一个证件（他的名字是帕维尔·密契克）、一包信和一张姑娘的照片。

在场的二十几个表情阴郁、胡子拉碴、皮肤黝黑的战士们，传看了那张照片，那是一个留着浅色卷发、温柔多情的姑娘，然后，战士们又不好意思地把照片默默放回原处。那个受伤的人仍不省人事，他的嘴唇一动不动，毫无血色，双手无力地瘫在毛毯上。

晚上十分闷热，人们用一辆颠簸的大车载着昏迷的年轻人离开了村庄，直到把他放到担架上时他才苏醒过来，他最先感觉到的是微弱平稳的晃动，以及头顶上隐约闪着星光的天空。周围像覆盖着毛皮一样黑压压的一片，看不见任何东西。他闻到一股强烈的刺鼻的松针味和腐烂的叶子发出的味道，像是用酒精浸泡过似的。

对于这些小心翼翼抬着他，给予他如此关切的人们，他的心里泉水般涌出一股亲切的感激之情。他想和他们说话，可是只动了动嘴唇还来不及说什么，就又昏死了过去。

他再次醒来的时候，已经是白天了，火热的太阳渐渐隐没在雪松枝头的浓雾中。密契克躺在阴凉处的一张小床上，右边站着一个穿着医院灰色罩衫的男人，个子高瘦，表情刻板；左边是一位文静温柔的姑娘，她正弯腰俯向病床照顾他，两条赤褐色的粗辫子垂在胸前。

她那轻柔的身影、蒙眬的大眼睛、蓬松的发辫、温暖黝黑的双手，散发出可以包容一切的善良和温柔，这些给密契克留下了最初的深刻印象。

“我这是在哪儿？”密契克虚弱地问道。

那个高瘦刻板的男人伸出一只粗糙干瘪的手给他把了把脉。

“没什么问题，”他平静地说，“瓦莉娅，准备好包扎，把卡切克叫来……”他沉默了一下，又十分多余地补充说，“……顺便。”

密契克痛苦地睁开双眼，看了看说话的人。那人长脸形，脸色发黄，一双凹陷的炯炯有神的眼睛冷漠地瞅着他，显得表情漠然，一只眼睛突然又不经意地眨了一下。

往还未愈合的伤口里塞粗纱布的时候，有一股钻心的疼，但是密契克没喊疼，他感到一双女性的手正温柔地触摸着他，抚慰着他。

“好了，”包扎完，那个高个儿说，“有三个枪眼，头上只是擦破点皮。我敢打赌，一个月之内肯定就能愈合，要不我就不叫斯塔欣斯基。”他活跃了一点，手指的动作也加快了，只是眼神还是那么忧郁，右眼仍会不经意地眨一下。

他们给密契克洗了洗脸和手。洗完后，他撑起胳膊肘，看了看周围。一些人在木屋旁忙忙碌碌，烟囱里升起缕缕青烟，屋顶上的树脂已经晒焦，一只黑嘴的大啄木鸟很专注地在树上啄食。一位面容安详、留着灰白胡须的老人，身穿医院的罩衫，拄着拐杖，慈祥地注视着周围的一切。

老人头顶，木屋上面，密契克上方，漂浮着泰加森林那种令人心满意足的宁静，弥漫着树脂的味道。

大约三个星期以前，密契克把公文藏在靴子里，口袋里揣着手枪，离开了城镇。当时他对于自己以后的生活只有一种模模糊糊的想法。他兴高采烈地吹着城市里正流行的欢乐调子，热血在血管里沸腾，一心想着去战斗。

山里那些生活在硝烟下创造着英雄事迹的游击队员，以前他只能从报纸上了解，现在在他眼里，他们变得更加真实。他心里充满了无比的好奇和大胆的想象，另外还夹杂着对那位浅色卷发姑娘的甜蜜记忆。早晨，她一定仍会喝杯咖啡，吃些饼干，然后把蓝色封面的课本扎在一起，急匆匆地赶往学校。

快到克雷洛夫卡村时，从灌木丛里窜出几个人，手里端着别旦式步枪。

“什么人？”一个戴着水手帽，脸型瘦削的人不客气地问。

“我……我是城里派来的……”

“有证件吗？”

他拽掉靴子拿出公文。

“社会主义……革命者……沿海……地区……委员会……”水手一字一字地往外挤，时不时瞟他一眼，目光像蓟一样犀利，“所……以……”他故意拖着长腔慢吞吞地说。

突然，他的脸涨得通红，一把抓住密契克的上衣领，尖声嚷道：“你这个杂种！”

“怎么了？怎么了？”密契克迷惑不解，喃喃地问，“那是

‘极端派’[1]写的！接着往下读啊，同志！”

“搜他的身！”

他们把密契克打得鼻青脸肿，抢走了他的手枪。几分钟后，密契克被推到一个头戴獾皮尖顶帽的人面前。那人的黑眼睛瞪着他，像要喷出火把他从头到脚烧焦一样。

“他们没弄明白，”密契克神经质般地抽泣着，结结巴巴地说，“那是‘极端派’写的……”

“把他的证件拿给我看看。”

那个戴尖顶帽的男人目不转睛地盯着公文。

在他喷火般的目光注视下，那张已被揉得皱巴巴的纸好像要冒烟了。他转过头来看着那个水手。

“笨蛋！”他严厉地说，“你没看见上面写着‘极端派’吗？”

“这里，你看！”密契克呼吸顺畅了，“我说过的——是‘极端派’写的，那就不同了，不是吗？”

“这么说我们白打了他半天？”水手很失望，“有意思。”

从那天起，密契克开始享有作为一个队员该有的一切权利。

身边的人一点儿不像他以前想象的那样，他们更粗鲁、更脏，身上长满了虱子，而且头脑简单。他们互相偷子弹，一点儿小事就破口大骂，为一小片腊肉就大打出手。任何微不足道的借口都可以让他们将密契克嘲讽一番，比如他城市样式的上衣，他措辞正式的说话方式，他不知道怎么擦枪，甚至他晚饭只吃一磅面包。

尽管他们不像书本里描写的那样，但是却是实实在在、活生生的人。

现在，躺在泰加森林里这片静谧的空地上，密契克又一次回想起以前的事情。他开始惋惜自己来部队时幼稚却真挚的情感。他用一种特殊的痛苦的敏感去面对周围人的照顾和关切，去感受泰加森

---

① 指俄国一个主要由小资产阶级分子组成的半无政府主义组织，他们惯于用极“左”的面目来掩盖其小资产阶级本质。十月革命后，“极端派”曾一度加入苏维埃，但后来一部分“极端派”分子进行武装叛乱，企图颠覆苏维埃政权。

林让人昏昏欲睡的宁静。

医院坐落在两条小溪交汇的地方。树林边，啄木鸟不停地啄着树木，紫黑色的槭树在低声交谈；山脚下，围着银色羊齿草的小溪不知疲倦地歌唱。这里没有几个病伤员，重伤员只有两个，一个是苏昌的游击队员弗罗洛夫，腹部中弹；另一个就是密契克。

每天早上，他们被抬出空气污浊的小木屋时，那个留着浅色胡须慈祥的老头儿皮卡就会走过来。他让密契克想到一幅已被遗忘的老画面：一片祥和的寂静中，古老的长满青苔的修道院旁边，一位安详的戴着小帽的老人，坐在翠绿的湖边垂钓。老人头顶的天空安宁平静，四周的杉树恬静平和，长满灯芯草的小湖安静无波澜……

这就是密契克内心一直渴望的梦境吗？

皮卡用村里教堂执事唱圣歌的腔调，向他讲述自己的儿子，一位红军战士的故事。

“他来找我，是的，他来找我。我坐在养蜂场里……还能在哪儿？……我们有好几年没见了，我们拥抱亲吻。不过，我还是看出来他有心事。‘爸爸，’他说，‘我要离开这儿，去赤塔。’‘为什么？’我问他。‘爸，’他说，‘该死的捷克斯洛伐克人去那里了。’‘捷克斯洛伐克人和你有什么关系？’我说。‘待在这里，’我又说，‘瞧，这里的生活多好。’真的，我的养蜂场就像天堂——白桦树，你知道，还有鲜花盛开的椴树，我那些小蜜蜂‘嗡——嗡——嗡’……”

皮卡摘下他那顶柔软的小黑帽，在头顶上高兴地挥舞。

“你猜怎么样？他没有留下！他没有，他还是走了。现在我的养蜂场已经被高尔察克的士兵[①]糟蹋了，儿子也没了。这是在过什么日子啊！”

密契克愿意听他讲话，他喜欢老人像歌声般柔和的嗓音，也喜欢他那慢吞吞的轻松自在的动作。

但是他更喜欢被那名护士照顾的感觉，她为整个医院洗洗缝

① 指十月革命后，与布尔什维克领导的红军作战的高尔察克所率领的白军。

缝，人们能感觉到她对伤员无穷无尽的爱。对密契克，她表现出特别的关切和照顾。随着身体的一天天好转，他开始用一种世俗的眼光来观察她。她有点儿驼背，手比一般女人的大，面容苍白，但是她走起路来却显得格外矫健有力，她的声音好像总是预示着什么。

每次她坐在床边，密契克都会发现自己没办法安静地躺着。他永远不会把这件事告诉那个留着浅色卷发的姑娘。

“瓦莉娅很放荡。”皮卡曾经说，“她丈夫莫罗兹卡还在部队上，她就在这里不检点，真是个荡妇。”

老头儿使了个眼色，密契克顺着他的眼神望过去，那位护士正在空地上洗着亚麻布军衣。卡切克，医生助理，围着她转来转去，还时不时地靠过去，说些挑逗的话。她已经忘了手头的事，用一种奇特的眼神看着卡切克。“放荡”这个词激起了密契克强烈的好奇心。

“她为什么……要那样呢？”他问皮卡，试图掩饰心里的迷惑。

“只有上帝知道为什么她的爱如此泛滥。她只是难以拒绝而已，就是这样。”

密契克想起他对护士最初的印象，一股莫名的愤怒涌上心头。

从那时起，密契克便开始更仔细地观察她。他发现她确实和男人很暧昧，准确地说，是和每一个健康的男人。不过，毕竟医院里只有她一个女人。

一天早晨，她给密契克包扎完伤口，又开始整理他的床铺。

“陪我坐会儿。”他红着脸说。

她仔细审视了他半天，就像洗衣服那天看卡切克一样。

“你也……”她下意识地说，带着些许惊讶。

不过，铺完床，她还是挨着他坐下了。

“你喜欢卡切克吗？”密契克问。

她好像没听见密契克说什么，完全沉浸在自己的想法里。她那双迷茫的大眼睛让密契克着迷。

“都那么年轻。”这时，她回过神，接着说，“卡切克吗？他还好。你们男人都一个样儿。”

密契克从枕头底下拿出一个用报纸包着的小包。已发黄的相片里，姑娘那熟悉的脸庞正看着他，可是这次已不像以前那样吸引他，姑娘的表情让他觉得很陌生，就连高兴的神情都显得很做作。尽管密契克不愿承认，但他还是不明白以前怎么会对她朝思暮想。不知为什么，也不知对不对，他把相片递给了那个浅色卷发的姑娘。

护士仔细看着照片，开始时离得很近，后来又把胳膊伸直了看。突然，她尖叫一声，相片掉到地上，她从床边跳起来，惊恐地回头看了一眼。

“真是个漂亮的婊子！”从槭树后面传来一个沙哑的嘲弄的声音。

密契克偷偷往那个方向瞥了一眼，看见一张十分熟悉的面孔，一绺深红色的头发不听话地垂在军帽外面，还有那双绿褐色的带着嘲讽的眼睛，他记得以前的眼神不是这样的。

“喂，干吗这么害怕？”那个沙哑的声音很平静地说，“我不是说你，我说的是你的相片。我睡过许多女人，没一个给我相片的。要不哪天你给我一张？”

瓦莉娅缓过神来，笑了。

“你吓了我一跳。”她用一种欢快的、妻子该有的语气说，一点儿不像她说话的腔调，“从哪儿冒出来的，长毛猴？”接着，她对着密契克说，“他叫莫罗兹卡，我的丈夫，他喜欢开玩笑，他……”

“噢，我们认识……一点点。”传令兵慢吞吞地说，用一种特别嘲讽的口气强调“一点点”。

密契克像被打昏了一样躺在那儿，一句话也说不出来，既委屈又羞愧。瓦莉娅和丈夫有说有笑，已经把那张照片忘得一干二净，她一脚踩在了照片上，密契克不好意思让他们把照片拾起来。

等他们俩走进泰加森林，密契克咬着牙忍着腿疼，一瘸一拐地走过去把那张踩着脚印的相片拾起来，撕得粉碎。

第三章

第六感

莫罗兹卡和瓦莉娅一直过了中午才回来，显得很疲倦，无精打采的。两人都故意不搭理对方。

莫罗兹卡来到空地上，像土匪似的把两根手指插进嘴里，吹了三声尖厉的口哨。一匹长毛的公马从灌木丛中“嗒嗒”地跑出来，好像童话里描写的那样。这时，密契克才想起来在哪里见过莫罗兹卡和这匹马。

“老米什卡，狗杂种，等了很长时间吧？”传令兵亲昵地咕哝了一句。

莫罗兹卡骑马经过密契克，狡黠地朝他咧嘴一笑。接着，他骑着马飞奔在绿树成荫的山坡上，脑海中不止一次地浮现出密契克的身影。“见鬼，怎么能让这种人参加我们的部队？”他既愤怒又迷惑不解地想，“刚开始没人参加，现在我们搞出名堂了，谁都想来。”

在他看来，密契克就是等到他们“搞出名堂”才来参加的人，虽然事实上，他们仍然还有一段很长很艰难的路要走。“这个懦夫跑来没几天就受不了了，还连累我们照顾他……我那个蠢女人到底看上他什么？”

他又想到，生活正变得越来越复杂：苏昌的老路已经走不通了，需要开辟一条新路。

莫罗兹卡一直想着这些烦心事，不知不觉到了盆地。在一片芳香的两耳草和卷叶的野生车轴草地里，村民们正辛苦地劳作，镰刀嚓嚓作响。那些男人胡子卷曲得像车轴草，穿着汗水湿透的长衬衣，有条不紊地向前移动着。懒洋洋的青草散发着香味，在他们的脚旁轻声倒下。

他们看见了那个背着枪骑在马背上的人，不慌不忙地放下手中的活，用粗糙的长满老茧的手遮住眼睛，目送了他很长时间。

“就像一根蜡烛！”他们欣赏着莫罗兹卡骑马的姿态，看见他蹬着马镫，笔直的身体微微前倾，几乎没有任何摇晃，烛火般稳健地奔驰。

过了河流的拐弯处，莫罗兹卡在村主席荷马·利亚别茨的瓜田旁边勒住马。瓜出看起来已经很久没人照看了，如果一个农民总是忙于村中事务，瓜田里就会杂草丛生，祖传的小屋也会倒塌，大肚甜瓜只能在艾草丛中缓慢成熟，就连稻草人也会变得像只奄奄一息的小鸟。

莫罗兹卡偷偷摸摸地往四周瞟了几眼，骑着马就往那间破烂不堪的小屋走去。他小心翼翼地往里瞅了一眼，屋里没人，地上满是碎布片，还有一把锈迹斑斑的破镰刀，一些干了的瓜皮。莫罗兹卡从马鞍上拽下一个袋子，溜下马，往瓜田爬过去。他慌慌张张地扯断瓜藤，把甜瓜往袋子里塞。他还直接用膝盖磕开一些甜瓜，狼吞虎咽地吃起来。

米什卡摇着尾巴，带着聪颖、理解人意的眼神望着主人。突然，传来一声可疑的声音，它那毛茸茸的耳朵立刻竖起来，皱巴巴的脑袋迅速转向小河方向。一位消瘦的长胡须老头，身穿一条亚麻裤，头戴一顶粗糙的褐色毡帽，从杞柳丛走到岸边。他手里提着一张渔网，一条巨大的平腮鱼在网里垂死挣扎。已经被水冲淡的血顺着老头的裤腿往下流，把裤子染成了一道道的深红色。

米什卡看见荷马·利亚别茨高大的身躯，认出它就是那匹大屁股红棕色母马的主人。米什卡曾经和这匹母马吃睡在一个马厩里，中间只隔一块木板墙，而且，米什卡对这匹母马的情欲曾让它疲惫不堪，备受折磨。它为表示敬意竖起耳朵，昂起头，愚蠢而又兴奋地叫着。

莫罗兹卡一下跳起来，两只手胆战心惊地抓着袋子。

“你在干吗？”利亚别茨用颤抖的声音恼怒地质问道，极其严厉而又指责地瞪着莫罗兹卡。他一直提着那张拼命晃动的渔网，那条鱼仍在脚边挣扎着，就像他那颗压抑着愤怒语言的心脏一样跳个不停。

莫罗兹卡扔掉袋子，缩起脖子，飞快地向马跑去。坐到马鞍上他才想起，刚才应该把瓜倒出来把袋子拿走，免得留下把柄。但是，已经太晚了。他用脚后跟踢了踢马的两侧，沿着路疯狂地飞奔，激起一阵尘土飞扬。

“等着！你一定会遭报应的！一定会！”利亚别茨大声叫喊，不断重复最后几个字。他仍然无法相信，那个他一个月来像对待自己亲生儿子一样供着吃穿的人，竟然来偷他的瓜，而且是在瓜田的主人忙于全村的公务致使瓜田杂草丛生的时候。

在利亚别茨小院子的阴凉处，莱奋生在小圆桌上摊开一张旧地图，询问刚回来的侦察员。

侦察员穿着一件农民穿的夹棉大衣和一双树皮做成的鞋。他曾深入日军驻地的中心地区，刚刚幸运地脱离危险，让太阳晒得通红的圆脸因喜悦和兴奋而红光满面。

侦察员报告，日军总部设在雅科夫列夫卡，有两支部队从斯巴斯卡—普瑞茅斯克调到了三大沟。另外，丝维亚基诺线上的部队已经撤离，所以他和两名沙尔狄巴部队的武装游击队员乘火车到了沙巴诺夫泉。

“沙尔狄巴撤到哪儿了？”

“朝鲜人的村庄。”

侦察员本想在地图上指出那些村庄，但是对他来说并不容易，又不想让别人觉得自己没有能力，就随意指了指邻近的地区。

“他们痛击了克里洛夫卡。”他吸了吸鼻涕，漫不经心地说，“现在一半的人回到了他们自己的村子。沙尔狄巴在朝鲜人的村子里过冬，用小米粥填饱肚皮。听说他经常喝酒，简直是疯了。”

莱奋生把这些新情报和之前从私酒贩子斯德克沙那儿得到的情报，以及城里送来的情报对比了一下，觉得有什么地方不对劲。莱奋生在这方面有一种特别的天分，就像黑暗中的蝙蝠有第六感一样。

他觉得有问题，是因为合作社主席这两个星期没有从斯巴思科那儿回来，几个三大沟的农民前天突然想家，离开了。另外，那个瘸腿的私酒贩子李福本来打算跟随部队去乌包尔卡，但是不知为何又改变了主意，独自往伏锦河上游方向去了。

莱奋生开始一遍遍询问，研究地图。他的耐心和毅力是罕见的，就像泰加森林里的老狼，尽管没了牙齿，但仍然能凭着世代相传的不可战胜的智慧，让狼群听从他的调遣。

“你有没有‘嗅’到什么不对劲的地方？”

侦察员疑惑地看着他。

“用你的鼻子！”莱奋生说着，把手指捏在一起，像要拾起一撮盐，然后放到鼻子前。

“不，我没有。那是事实。”侦察员有些惭愧地回答，“我成什么了——一条狗吗？”他恼怒又迷惑地想，脸一下红了，愚蠢得像三大沟集市上卖鱼妇的脸。

“行了，你出去吧。”莱奋生挥了挥手，那双像深潭一样的蓝眼睛带着些许嘲笑的神情瞟了他一眼。

侦察员走后，莱奋生在院子中走来走去，陷入沉思。他在苹果树旁边停下，久久注视着一只大脑袋土灰色的甲壳虫，那只甲壳虫正在树皮上钻洞。某种神秘的力量让他觉得，要赶紧做好准备，不然部队就有可能被日军消灭。

莱奋生在门口碰到利亚别茨和自己的助手巴克拉诺夫。巴克拉诺夫是一名十九岁的敦实小伙，穿着卡其布的紧身短上衣，腰里时常别着一支柯尔特手枪。

“我们该怎么处置莫罗兹卡？”巴克拉诺夫立刻冲着他嚷，他紧锁眉头，眼睛像燃烧着的煤炭，“他偷了利亚别茨的瓜。你看怎么办？”

他弯着腰，把胳膊从莱奋生那儿伸到利亚别茨面前，像是要介绍他们认识。莱奋生很长时间没见过助手这么激动了。

“好了，别嚷了！”他平静又诚恳地说，“不用嚷。到底怎么回事？”

利亚别茨用颤抖的双手拿出了那个“泄密”的袋子。

“他把我一半的瓜地搞得乱七八糟，队长同志——上帝作证，就是他干的。你瞧，我去看我的渔网——这么多天我还是第一次去……我从杞柳丛出来……”

他不停地说着他的事情，还特别强调，因为要为村里做事，不得不荒废了自己的田地。

“我家的女人们，你知道，没像别人家那样在自家的瓜地里除草，她们都是在公共的干草地里拼命干活。”

莱奋生耐心地听他说完，派人把莫罗兹卡叫过来。

莫罗兹卡大摇大摆地走过来，神气活现地歪戴着帽子，显出不可一世的样子。每次他知道自己做了错事又打算抵赖的时候，都是这副模样。

“这是你的袋子吗？”队长问，用一种犀利的眼神瞅着莫罗兹卡。

“是我的。”

“巴克拉诺夫，把他的枪下了。”

“干什么，这不是你给我的吗？”

莫罗兹卡闪到一边，解开枪套。

“闭嘴！”巴克拉诺夫严厉地说，眉毛又锁在一起。

枪被拿走后，莫罗兹卡所有的虚张声势、傲慢无礼都跑得无影无踪。

“喂，不就摘了几个瓜吗？利亚别茨，你干吗抱怨个没完？上帝啊，就为这点破事，犯得着吗？”

利亚别茨一直低着头，扭动着满是泥土的脚趾。

莱奋生命令晚上召开村委会，让村民和部队一起讨论莫罗兹卡的所作所为。

“让所有的人都知道他干的好事！”

“欧斯普·亚布拉梅奇，”莫罗兹卡用低沉阴郁的声音嘟囔，“好了——部队开开会就行了，干吗还找村民来？”

“听我说，我的朋友，”莱奋生对利亚别茨说，没理睬莫罗兹卡，“我必须要和你单独谈谈……”

他拉着村主席的胳膊肘把他带到一边，让他在村子里两天内收集足够的粮食，做十普特面包干。

“不过，你得确保别让任何人知道我们是在给谁筹集粮食，也不要透露筹粮的原因。”

莫罗兹卡意识到没人想跟他说话，自己垂头丧气地去了禁闭室。

只剩下巴克拉诺夫和莱奋生两个人，莱奋生命令他从第二天起给马多喂些燕麦。

“告诉军需官，每匹马都要给满满的一桶。”

第四章

孤独

莫罗兹卡的到来，搅乱了密契克在医院舒适、安宁环境中的平和心境。

“他凭什么用鄙夷的眼光看着我？”传令兵骑马离开之后，密契克心想，“我承认他在危急关头救了我，但是，难道这样他就有权利嘲笑我吗？这就是他们做事的方式吗？”他看了看自己柔软瘦弱的手指和毯子下面捆着夹板的腿，以前心里拼命压抑的怨恨凝结成新的力量燃烧起来，痛苦和悲伤让他的心一阵阵绞痛。

从那个脸型瘦削、目光像蓟一样犀利的男人粗鲁地揪住他衣领的那刻起，所有靠近密契克的人都嘲弄讥讽他，根本不想帮他，没人愿意了解他心中的委屈。即使在医院，这个祥和而又充满爱的地方，人们因为职责才不得不亲切地对待他。最让他感到悲伤和痛苦的是，尽管他已经把鲜血洒在大麦地里，但还是感到很孤独。

他想和皮卡聊聊，可是那个老头把罩衫铺在下面，枕着柔软的帽子，在泰加森林边的一棵树下安详地打起了瞌睡。头顶上几缕稀疏的银色头发，像光环一样，盘绕在圆圆的闪闪发光的秃顶上。两个小伙子，一个胳膊上扎着绷带，另一个瘸着一只脚，从泰加森林里走出来。他们在老头旁边停下，互相调皮地眨了眨眼。瘸脚的小伙儿找来一根草棒，伸进皮卡的鼻孔里挠痒，自己还假装要打喷嚏，挑着眉毛做鬼脸。皮卡咕哝了两声，没醒，接着抽了抽鼻子，挥了挥手，最后终于打了个响亮的喷嚏，逗乐了大家。两个小伙儿哈哈笑起来，弓着腰往木屋跑。一个小心地撑着胳膊，一个鬼鬼祟祟地一瘸一拐，边跑边像个顽皮的孩子一样回头看。

“嗨，你这个掘墓人！”

那个吊着胳膊的人看到卡切克挨着瓦莉娅坐在小屋前的板凳上，大声喊：“你干吗对我们的女人动手动脚的？哎，哎，让我试试她有多柔软！”他油腔滑调地低声说，他坐到护士旁边，伸出那条好胳膊揽着她，“我们爱死你了，你是我们唯一的女人，让那个肮脏的傻瓜滚一边去，打发他去找他……妈，让他下地狱去吧！”他想用那条好胳膊把卡切克推开，可是，那个医生助理又跑到瓦莉娅的另一边紧挨着坐下，还一直咧着嘴笑，露出一排整齐的、因吸烟草而发黄的牙齿。

“那可怜的我怎么办哪？”他带着鼻音呜咽着说，“世上就没有公平可言，没有真理。谁能关心一下我这个受伤的可怜人？你们说呢，同志们，亲爱的公民们？”他滔滔不绝地说，眨了眨湿润的眼皮，做着古怪的手势。

他的朋友一直踢他，想赶他走。医生助理不自然地大声笑着，手偷偷往瓦莉娅的衬衫里伸。她温顺而又疲倦地看着这三个人，甚至没打算把卡切克的手拿开。这时，她看见了密契克吃惊的目光，她一下跳起来，理了理衬衫，脸红得像牡丹。

“你们这群公羊，像叮在蜜上的苍蝇！”她恼怒地大声喊叫，低着头跑进小屋。关门时夹住了裙子，她怒气冲冲地把裙子拽出来，“砰”的一声再次关上，震得墙壁上的苔藓簌簌落下。

“好凶的护士！”跛足的年轻人拖长声音说道。他像抽鼻烟似的做了个鬼脸，轻声下流地窃笑。

这时，游击队员弗罗洛夫躺在槭树下，床上放着四张床垫。因病痛折磨得发黄的脸冷漠地望着天空，表情木然、迟钝，像死人一般。他曾因胃痛而剧烈抽搐，那是他第一次看见混沌的天空，感到天旋地转。从那一刻起，他心里明白自己的病再也无法痊愈了。密契克觉察到弗罗洛夫一直目不转睛地盯着自己，不由自主地开始发抖，惊恐地把目光移开。

“他们还那样做……”弗罗洛夫沙哑地说，然后动了动手指，好像是为了证明自己还活着。

密契克假装没听见他说什么。

虽然弗罗洛夫没再注意他，他还是半天不敢看他。他觉得，那个瘦骨嶙峋的伤员一直都在龇牙咧嘴地瞪着他。

斯塔欣斯基医生笨拙地弯着腰，从小木屋走出来，然后像把长长的大折刀一样“啪”的一声挺直腰板，似乎要让人惊奇他竟然会弯腰。他大步流星地朝那些人走去，突然忘了要做什么，又吃惊地停住脚步，一只眼睛眨了眨。

“天真热……”他终于含含糊糊地低声说了一句，弯起胳膊，倒着摸了摸留着短发的脑袋。他出来其实是打算告诉他们，不要去纠缠一个既不可能成为他们的妻子，也不可能是他们母亲的女人。

“躺着很无聊吧？”他来到密契克跟前，把又热又干的手放到密契克的额头上，问道。

这突如其来的关心让密契克感动不已。

“哦，没什么——等伤一好我就可以走了，”密契克急忙回答，“但是你……要一直待在这林子里……”

“必须有人这样做。”

“做什么？”密契克大声问道。

“我是说待在这片树林里。”斯塔欣斯基把手拿开，那双黑眼睛第一次闪烁着天真好奇的光芒，看着密契克。密契克的目光显得忧郁、悲伤，就像在锡霍特—阿林山的泰加森林里，漫漫长夜，一个孤独的灵魂坐在冒烟的火堆旁所流露出的无言的寂寞。

“我明白。”密契克忧郁地说，接着又友好地笑了笑，难掩内心的痛楚，“为什么不是在村子里呢？那样……我不是说你，”他看出了对方的疑惑，“我是说医院。”

“这里更安全。你从哪儿来？”

“城里。”

“出来很久了吗？”

“是的，一个多月了。”

“认识克拉依希尔曼吗？”斯塔欣斯基高兴地问。

“是的，不过不是很熟。”

“他现在怎么样？你还知道谁？”医生的一只眼睛眨得很快，他一屁股坐到树墩上，动作迅速，好像有人从后面捣了一下他的腿弯。

“我认识瓦斯科、耶夫列莫夫……”密契克开始举例，“古列耶夫、弗连凯尔——不是戴眼镜的那个，我不认识那个——是另外一个，矮的那个……”

“但是他们都是‘极端派’啊！”斯塔欣斯基惊讶地说，“你怎么会和他们认识？”

“哦，我以前跟他们在一起……”密契克低声说，显得有些惊慌失措。

“这样……啊！”斯塔欣斯基低声迟疑地说，“我知道了……”他用之前那种陌生人的口气冷冷地说，“那么，会好起来的……”他站起来接着说，根本没看密契克，然后迈着大步急急忙忙往小屋走去，好像担心密契克会喊住他一样。

“我还认识瓦斯修丁娜！”密契克冲着他喊，似乎要抓住马上就溜走的什么东西。

“噢……噢……”斯塔欣斯基转过头来，低声答应着，但却走得更快了。

密契克知道，他没有赢得对方的同情。他蜷在床上，脸因为痛苦而涨得通红。

这一个月来的经历突然笼罩了他，他又一次试图抓住好像马上要溜走的东西。他抽动着嘴唇，使劲眨眼皮不让眼泪流下来，但是眼泪还是像泉水一样顺着脸颊喷涌而出。他用毛毯盖住头，尽情宣泄心中的情感。他只是默默地流眼泪，尽量不抽噎抖动，担心别人看出自己的软弱。

他悲伤地哭了很久，思绪和眼泪一样，很咸很苦。过了一会儿，他逐渐平静下来，仍然一动不动地躺在床上，头上一直盖着毛毯。瓦莉娅过来了几次，他很轻易地就辨认出她有力的脚步声。她走路时蹬踏地面的声音，就像是在拼着命地推一架满载的货车。她在床边徘徊了一会儿就离开了。

瓦莉娅走后，皮卡拖着脚步走过来。

"你睡了吗？"他清晰温柔地问道。

密契克假装睡着了，皮卡等了一会儿，密契克听到晚上的蚊子在毛毯上"嗡嗡"地叫个不停。

"好吧，睡吧……"

天黑以后，瓦莉娅和另外一个人来到他的床边，轻轻地抬起小床，把他放进一间小木屋里，屋里又热又潮。

"走吧……去抬弗罗洛夫。我马上过来。"瓦莉娅说。

她在床边犹豫了几秒钟，然后小心翼翼地掀开他头上的毛毯。

"怎么了，亲爱的帕维尔，你觉得不舒服吗？"

这是她第一次叫他"帕维尔"。

黑暗中，密契克看不见她的脸，但是可以感觉到她的存在，还感觉到木屋里只有他们俩。

"是的，我感觉很糟。"他沮丧地小声回答。

"腿还疼吗？"

"不疼了，不是因为这个。"

她迅速地弯下腰，用丰满柔软的胸部紧贴着他的身体，她亲吻了他的嘴唇。

第五章

农民和矿工

莱奋生提前一段时间来到会场，想听听村民们聊天，希望能够证实自己的猜测。

会议在一个教室里举行。莱奋生到的时候还没多少人在那儿，只有几个从地里早回来的人坐在夕阳下的台阶上。从打开的门口可以看到利亚别茨正在摆弄油灯，要把乌黑的玻璃灯罩安上。

“向欧斯普·亚布拉梅奇致敬！”农民们互相礼貌地鞠躬，伸出那双因辛苦劳作而变得僵硬的黑乎乎的手，向莱奋生打招呼。莱奋生和他们挨个握手，然后悄悄在台阶上坐下。

河对岸，农家的姑娘们唱着不合拍的调子。空气中飘浮着干草味、潮湿的灰尘味和冒烟的火堆散发出的味道，河上的渡船传来疲惫不堪的马匹跺脚的声音。在这个温暖的黄昏，满载而归的大车“吱嘎吱嘎”地叫着，吃饱但还没挤奶的母牛们拖着长腔“哞哞”地喊个不停。农民辛苦劳作的一天马上就要结束了。

“人不多，”利亚别茨来到门廊上说，“不过也难怪，今天不会有很多人——不少人会睡在干草地里。”

“干吗在干活的日子开会，很紧急吗？”

“噢，有些事情需要讨论一下……”主席有些迟疑地说，“他们中有个人，住在我家的那个，惹了点事情。不是很严重，不过还是很让人生气。”他局促不安地看了看莱奋生，没再说什么。

“既然不重要，还开什么会啊？”他们异口同声地问，“这时候每分钟对我们来说都很宝贵。”

莱奋生解释了一下。接着，人们开始一个接一个地向他抱怨，主要是割草和商品短缺的问题。

“你应该和欧斯普·亚布拉梅奇去看看我们是怎么割草的。谁也没有好使的镰刀，不是坏了，就是修过的。根本不是在干活，简直就是受罪。”

“谢苗前几天用坏了一把特别好用的镰刀。他总是忙个不停，是个十足的工作狂，在地里就像机器一样，可是不小心碰到石头了……现在修也没用了……”

“是啊，那确实是把好镰刀……”

“不知道我们家的人干得怎么样了。”利亚别茨在心里嘀咕，“割完了吗？今年的草都长疯了……要是他们星期天之前能割完那一大块地就好了……这场战争真把我们害苦了。”

一些人从黑暗中闯进摇曳的灯光下，还有一些人是直接从田里过来的，手里提着包袱，穿着弄脏的白色长衬衫。他们闹哄哄的，以庄稼人的方式交谈着，身上还带着一股烟味、汗味和新割的青草味。

“大伙儿身体好！……”

“喔，喔！伊万？到有灯光的地方来，让我看看你这个傻瓜。看哪，大黄蜂把他蜇成什么样了！我看见你扭着屁股拼命地跑……”

“到底什么意思，你这个无赖，跑我的地里去割草？”

“你的地！胡扯！我一点都没越过分界线。我们根本不需要别人的——自己的足够了。”

“我们知道你那德行！……他说他自己的够了。就没办法把你家的猪撵出我们的园子，它们都快在我的瓜地里下猪仔了，还敢说他们自己的足够了！”

人群里隐隐约约可以看到一个弓着背的瘦高个儿，一只眼睛在黑暗中闪闪发亮。

“日本人，”他说，“前天到了松杜加，是楚古耶夫卡那边的人说的。他们霸占了学校，又开始调戏女人，嘴里嚷道：‘俄罗斯花姑娘，俄罗斯花姑娘……’这群狗娘养的！”他愤愤地啐了口唾沫，像在劈木头一样使劲挥动胳膊。

“他们要来这里了，肯定的！……”

“这种事怎么让我们赶上了！”

“我们农民就没有安生日子……”

“农民总是最倒霉的。只要战争结束就好了，无论怎么样。”

“问题是不可能结束。我们没有选择——要么进坟墓，要么进棺材。”

莱奋生默默地听着，他们已经忘了他的存在，他是那么瘦小、那么不起眼——好像只不过是一顶帽子、一把红胡子、一双高过膝盖的毛皮靴子。从农民们七嘴八舌的对话中，莱奋生听出一种只有他自己才觉察出来的担心和不安。

“情况看起来很糟，”他心里想，“非常糟糕。最晚明天我就得给斯塔欣斯基写封信，让他尽可能地把伤员转移到一个安全的地方。我们必须隐藏一段时间，一起消失……我们应该加强警戒工作……”

“巴克拉诺夫！”他对自己的助手说，“过来一下。你知道……再坐过来点儿。我认为我们应该在养马的地方多安排几个哨兵，还应该派一个骑兵小分队去克雷洛夫卡，特别是晚上。我们太疏忽了……”

“出什么事了？”巴克拉诺夫惊慌地问，“有什么不好的迹象吗？还是有别的什么？”他把剃光的脑袋转向莱奋生，和鞑靼人一样，又细又斜的眼睛显得警惕不安。

“战争时期，亲爱的，总是会有些麻烦的。”莱奋生带着尖刻的口吻、亲切地开玩笑，“战争，亲爱的小伙儿，可不像你和马露霞在干草垛上。”他吃吃地笑起来，愉快地、出其不意地用胳膊肘捣了下巴克拉诺夫的腰。

“你可真聪明，你！”巴克拉诺夫抓着莱奋生的一只手，和他打闹起来。他立刻变得活泼喧闹而且快活高兴，“别动，你跑不了。”他笑着低声说，接着把莱奋生的另一只手拧到背后，一直推着他抵到台阶的柱子上。

“走吧，看那儿——马露霞在叫你呢。”莱奋生亲切地骗他，“放手，你这个家伙！在会场上不要打打闹闹的。”

“正因为在会场上，你才这么走运，要不然，我一定要你好看……”

“走吧！你的马露霞在那儿呢。”

“你刚才是说，多安排几个岗哨吗？”巴克拉诺夫边起身边问。

莱奋生微笑着看他离开。

“你的助手很能干哪。”一个农民对他说，“他不喝酒，不吸烟，更重要的是他很年轻。前天他来我家借马具。我说：‘要不要来杯加胡椒的伏特加？’‘不了，’他说，‘我不喝酒。如果你要招待我的话，给我来杯牛奶吧。我喜欢喝牛奶。’他用碗喝牛奶，你知道，像个小孩子，还把面包撕成碎片放在里面。真的，他是个好小伙儿！”

人群中出现越来越多的游击队员，他们的枪口闪闪发亮。游击队员们早早地一起来到会场。然后是季摩菲·杜鲍夫率领的矿工。他之前是苏昌的采煤工，现在当了排长。他们也是一起走进人群，没有分散开。只有莫罗兹卡沮丧地坐在墙边的板凳上。

“啊，你也在这儿啊！”杜鲍夫看见莱奋生，高兴地瓮声瓮气地说道，仿佛他们已经好几年没见面，而且从没想到会在这儿碰到一样，“我们那个矿友犯什么事了？”他一边向莱奋生伸出自己黑乎乎的大手，一边慢吞吞地问道。莱奋生正要解释，他又开始用那浑厚低沉的嗓音说：“惩罚他，给他一个教训，别人就不敢跟他学了。”

“我们早就应该教训教训莫罗兹卡，他简直是给队伍的荣誉抹黑。”一个声音甜美的小伙子插话说，他戴着一顶学生帽，穿着一双锃亮的靴子，大伙儿都叫他“金翅雀”。

“又没人问你。”杜鲍夫看都没看，就打断他的话。

小伙子很委屈地噘起嘴，又试图假装不在意，可是看到莱奋生嘲弄的眼神，就钻到了人群里。

“看见这条可怜虫了吗？”排长杜鲍夫酸溜溜地说，“你干吗把他留在部队里？听说他在大学里就是因为偷东西而被开除的。”

“别相信你听到的那些谣言。”莱奋生说。

“喂，该进来了。”利亚别茨在门廊里招呼大伙儿，他尴尬地招招手。他没想到就因为自己杂草丛生的瓜地里发生了一件小事，就劳师动众地叫来了这么多人，“我们开始吧，队长……不要等到鸡都叫了，大伙儿还在这儿浪费时间……”

屋里烟雾缭绕，变得有些闷热。没有足够的凳子，农民和游击队员混在一起，拥挤不堪，连门口也站满了人。他们都聚精会神地注视着莱奋生。

“开始吧，欧斯普·亚布拉梅奇。”利亚别茨阴郁地说，他在生自己的气，也在生队长的气。整件事现在对他来说就是一场没有任何价值、没有任何必要的闹剧。

莫罗兹卡从门口挤进来，站在杜鲍夫旁边，阴沉着脸，闷闷不乐。

莱奋生重点强调了一个事实：这件事情关系到每个人，既影响他们又影响到游击队员，而且队里还有许多当地人，要不然他也不会把大伙儿召集到这里，耽误他们干活。

“你们看看该怎么处理吧。”他模仿着农民的说话方式，很有分量地询问道。接着，他缓缓坐到板凳上，倚着靠背，立刻变得渺小、无足轻重，像熄灭的蜡烛芯一样，让人们在黑暗中解决问题。

有几个人异口同声地讨论起来，可是他们都很茫然，拿不定主意，一直不停地纠缠一些不相关的小事。过了一会儿，其他人也加入进来。不久就听不清他们在说什么了。大多数参与讨论的都是农民，游击队员似乎在等待有利时机。

“这是不对的。”一个叫耶夫斯塔菲的老人严肃地低声说，他头发花白，脸上布满了苔藓般的皱纹，“以前，在米古过什卡[①]的时代，做这种事的人要被押到村子里，挂上他们偷的东西，敲着平底锅游街。”他不停地晃动干瘪的手指，似乎在警告什么人。

“别提什么米古过什卡时代！”那个弓腰驼背的独眼龙嚷道，他想摆动一下胳膊，可是太拥挤了，这让他觉得更恼火，“就知道说你的米古过什卡。早过时了，谢天谢地！”

① 指俄国最后的沙皇尼古拉二世。——编者注

“不管是不是米古过什卡时代，反正这样做就是不对。”老大爷倔强地说，“我们养着这帮人没什么关系，但我们绝不能养贼！”

“谁要养贼了？谁也没养贼。说不定你就是养贼的那个人吧。”独眼龙暗示的是老人的儿子，十年前不知道跑哪去了，“我们该制定一个新规定。小伙子这六年都在打仗——吃个瓜有什么大不了的？”

“但是他干吗偷偷摸摸呢？”另一个人问，“上帝啊，不就是一个瓜嘛，又不值钱。要是他过来跟我要，我想都不想就送他一袋子。拿去好了……我们都拿它去喂猪，所以不要对一个好人抱怨这种小事了。”

农民们的语气中没有那么多怨气了，大多数都认为，以前的法律已经不适用了，这件事情要用新的方式来处理。

“让主席和他们自己决定好了。”一个人大声喊，“我们就别插手了。”

莱奋生站起来，敲了敲桌子。

“现在，同志们，一个个发言。”他温柔而又清晰地说，所有人都听到了，“要是我们一起说，问题就没法解决了。莫罗兹卡呢？过来，就现在！”他阴沉地说道，所有人都把脸转向传令兵站的方向。

“我站这儿就行。”莫罗兹卡粗鲁地说了一句。

“赶紧过去！”杜鲍夫拿胳膊碰了他一下，说道。

莫罗兹卡有些犹豫。莱奋生身子往前倾，眼睛一眨不眨地瞪着莫罗兹卡，像钳子从墙上拔钉子一样，把他从人群中拽了出来。

传令兵低着头，眼睛盯着地板，用胳膊肘挤开人群，走到桌子边。他浑身冒汗，手不停地哆嗦，感觉有一百双好奇的眼睛正在注视着他。他想抬起头，可是正好碰到冈察仁科那张围着一圈胡子的严肃脸庞。莫罗兹卡受不了爆破手那既同情又严厉的目光，把头转向窗户，一动不动地站在那儿，眼睛望着窗外。

“现在我们来解决这件事。”莱奋生仍然用十分平静的腔调说，但是所有的人，就连站在门廊里的人，都听得很清楚，“谁想说两句？老大爷？”

“为什么让我说？”耶夫斯塔菲不知所措地说，“我们只是自己随便说说……”

“没什么好讨论的了，你们自己决定好了。”农民们大声喊起来。

“等一下，老头儿，我想说两句！”杜鲍夫突然嚷了一声，声音带着克制的愤怒。他眼睛瞅着耶夫斯塔菲老大爷，结果错把莱奋生叫成“老头儿”了。他的声音里有一种力量，吸引大伙儿都转过头看着他。

他从人群中挤到桌子旁边，站在莫罗兹卡旁边，高大魁梧的身躯挡住了莱奋生的视线。

“你们要我们自己解决？是不是吓破胆了？”他身体迅速往前倾，非常气愤地嚷道，“好吧，我们就自己解决！”他猛地转过身，脸对着莫罗兹卡，一双炯炯有神的眼睛死死地盯着他，“你说，你还是我们中的一员吗？还是一名矿工吗？”他严肃而尖刻地质问道，“你这个杂种，苏昌的败类！你不想和我们在一起了？你去偷？真给我们矿工丢脸！好吧！”杜鲍夫的话如下落的煤炭，发出“砰砰”的响声，打破了沉默。

莫罗兹卡的脸白得像纸一样，他一直盯着杜鲍夫，心一点点往下沉。

“好吧！”杜鲍夫重复说，“当贼，我们倒要看看，没有我们你怎么办？我们……我们要把他踢出去！”他突然转向莱奋生，不再说什么。

“你要把谁踢出去？”一个游击队员大声喊。

“什么？”杜鲍夫向前迈了一步，吼了起来。

“看在上帝的分上，别吵了，孩子们。”一个鼻音很重的可怜声音颤抖着从房间的角落里传出来。

莱奋生在后面拽了拽排长的袖子。

“杜鲍夫！”他平静地说，“往边上站站，我看不见了……”

杜鲍夫立刻冷静下来。他犹豫着，局促不安地眨了眨眼睛。

“我们怎么能开除这个笨蛋？”冈察仁科突然说，他那留着卷发的、被太阳晒红的脑袋在人群上耸立着，“我不是要护着他——不能那么做。这个家伙做了件错事。但是你们也应该肯定他的优点——打仗的时候，他是个优秀的游击队员。我们曾经一起在乌苏里前线，他是我们的一员——他永远不会出卖我们。”

“你们的一员！”杜鲍夫有些伤感地插话说，“难道不是我们的一员吗？我们曾经和他一起在同一个地狱般的矿井里挖煤。我们差不多三个月一起合盖一件军大衣睡觉。现在那些该死的混蛋，”他咆哮着，突然想起了那个声音甜蜜的“金翅雀”，“却想给我们一个教训！”

“我正要说这个。”冈察仁科接着说，他迷惑地看着杜鲍夫，以为刚才杜鲍夫指的是他，“我们不能忘了那些事，更不能开除他——我们不能开除自己人。我认为，我们应该问问他自己。”他的大手做了个要砍东西的手势，似乎要把那些多余的事情，和他自己有用的正确的观点分开。

“对！问问他！让他说说看，我们看看他还是不是我们中的一员……”

杜鲍夫正打算从人群中挤回去，却在过道上停下了，用探究的目光看着莫罗兹卡。

传令兵惶惑地回头看了看，汗涔涔的手指紧张地揪着衬衣。

“让我们听听你怎么说！”

莫罗兹卡偷偷用眼角瞥了莱奋生一眼。

“真想知道我……”他刚开始说又突然停下了，找不到合适的词。

“说啊，快说！”大伙儿在鼓励他。

“你们认为我……做了件……”他又找不到词了，他向利亚别茨点了点头，“那些瓜，要是我好好想想……我会那么做吗？这是故意作对吗？我们小的时候就偷惯了东西，你知道的……就像杜鲍夫说的，我给你们丢脸了。但是我真的给你们丢脸了吗，兄弟们？”最后这几句话是从他的心底发出来的。他身体往前冲，双手捂着胸口，眼里闪烁着温暖湿润的亮光，“我愿意为你们流干每一滴血，我决不会给你们丢脸……”

屋外传来一阵嘈杂声：不知哪儿的犬吠声，农家姑娘的歌声，隔壁牧师家有规律的含糊的捶打声，仿佛在臼里捣碎东西的声音，还有渡船上拖着长腔的一声声“用力……绞呀”。

“我怎么惩罚自己呢？”莫罗兹卡接着说，声音仍带着痛苦，语气比刚才更加坚定，可是却少了些许真诚，“我只能用矿工的方式向你们保证——我以后再也不会那样做了……”

“如果你说话不算数怎么办？”莱奋生谨慎地问。

“我保证算数。”在农民面前，莫罗兹卡感到局促不安，脸上有些不自然。

“要是没做到呢？”

“那样的话，你想怎么处置就怎么处置……枪毙我也行……”

“到时我们就会毙了你！”杜鲍夫严厉地说。但是此时，他眼睛里闪烁的已经不是愤怒，而是关切和微笑。

“好了，没什么事情了！”坐在凳子上的人们喊起来。

“这回没事了。”农民们都很高兴，这个拖拖拉拉的会议终于结束了，“就这么件小事，足足讨论了一年。”

“就这么定了？还有什么意见吗？”

“快点结束，该死的！”游击队员吆喝起来，不再沉默了，而且很轻松，“我们烦透了这件事。都饿了——肚子都饿得咕咕叫了！”

“等一下，”莱奋生举起手，眯着眼睛说，“这个问题解决了，还有件事。”

“还有什么？”

“我想我们应该通过一个决议，”他环视了四周，“噢，我们还没有秘书。”他亲切地笑了两声，“过来，‘金翅雀’，做下记录。决议如下：没有军事行动的时候，不准到处闲逛，去帮农民们干活，即使只帮一点儿……”他说得那么有把握，好像他确实相信他的士兵能帮上忙。

“但是我们不要求他们帮忙！”一个农民喊道。

“他们上当了。”莱奋生心想。

“别说了，你！”其他农民打断他的话，“你听着好了，干点活儿又累不死！”

“我们还要特别给予利亚别茨帮助……”

“干吗他特别？”农民们激动地喊起来，“怎么他就是个人物了？谁都能当主席——做主席一点儿都不难……”

“够了！够了！我们同意了！……记下来！”

游击队员从座位上站起来，不再理会队长说什么，迈着重重的步子走出去了。

“嗨，万尼亚！”一个头发蓬蓬、鼻子尖尖的小伙子窜到莫罗兹卡面前，拽着他朝门口走，靴子的鞋跟“咚咚”响个不停，“我的好孩子，小宝贝儿，你这个鼻涕虫！……”他把帽子歪戴在脑勺上，一只手揽着莫罗兹卡，走在门廊上像是在跳踢踏舞。

“去你的。”莫罗兹卡和善地推开他。

莱奋生和巴克拉诺夫很快地从旁边经过。

“壮得像头牛——这个杜鲍夫！”巴克拉诺夫打着手势，兴奋地语无伦次，“他要是和冈察仁科打一架，肯定有意思。他们谁会赢，你觉得？”

莱奋生脑子里正想着其他的事情，根本没听到他说什么。他们的脚步淹没在路上又软又潮的尘土里。

莫罗兹卡落在其他人后面，最后一伙儿农民也赶上了他。他们悠闲地低声聊着天，似乎不是刚散会，而是刚从地里回来。

山坡上小屋里的灯光透过窗户动人地闪烁着，仿佛是在招呼人们回家吃饭。河水和着几百台吊车的响声，在薄雾中汩汩欢唱。

“还没给米什卡喂水呢。”莫罗兹卡渐渐回到熟悉的轨道上，猛然记了起来。

马厩里的米什卡察觉到主人的到来，平静而生气地嘶叫起来，似乎在问：“你到底去哪儿了？”黑暗中，莫罗兹卡摸到它粗糙的鬃毛，把它牵出了马棚。

“哈，你也很高兴吧？”它用湿润的鼻孔使劲地拱着莫罗兹卡的脖子，他推开它的头说道，“你就知道闯祸，然后让我一个人扛着。”

第六章

莱奋生

莱奋生的部队休息了四个多星期。这段时间他们增加了马匹、武器和厨房用的大锅，还增加了一些脾气温和的人——其他部队衣着破烂的溃兵。游击队员变得很懒散，整天睡觉，甚至放哨的时候也睡。

莱奋生一直在想如何使这些战士振作起来，因为他得到了一些令人不安的情报。新情况时而加重他的疑虑，时而又让他觉得杞人忧天。他时常责怪自己太过小心，特别是当他知道日军放弃了克雷洛夫卡，侦察兵在周围几十英里内也没发现敌人的时候。

然而，除了斯塔欣斯基以外，没人知道莱奋生正犹豫不决。部队里根本没人认为莱奋生是个优柔寡断的人，他从不向别人吐露自己的思想和情感，对所有的事情都是简短地说“是”或者“不是”。所以，除了像杜鲍夫、斯塔欣斯基、冈察仁科，这些真正了解他的人之外，所有的人都认为他属于“特殊的高级人种”。游击队员们，特别是年轻的巴克拉诺夫（他极力模仿队长，甚至模仿他的穿着举止），都习惯于这样想：“当然，我有很多缺点、过错，有很多事情我不了解，在很多方面控制不了自己，我朝思暮想家里温柔可爱的妻子或未婚妻，我爱吃甜瓜，喜欢就着牛奶吃面包，喜欢穿着锃亮的皮靴去博取舞会上姑娘的芳心。但是莱奋生是个男子汉！根本不要怀疑他会做这样的事。他什么都懂，做事从来不出错。他不像巴克拉诺夫那样去追求姑娘们，也不会像莫罗兹卡那样去偷瓜。他脑子里就一件事——工作。你没法不信任他，没法不按他说的做，因为他是个真正的男子汉！”

从莱奋生被选为队长的那天起，谁都没去想象他在其他方面的能力。似乎对所有人来说，他最擅长的事情就是指挥部队。如果他告诉他们，他小时候帮父亲卖二手家具，父亲一直梦想着能发财，而且很怕老鼠，小提琴拉得很糟等等诸如此类的事情，任何人都会认为这只不过是一个无聊的玩笑。但是莱奋生从来不会说这样的事情，不是他有意隐瞒，而是因为他知道所有的人都认为他是个“特殊人才”，他了解自己的弱点，也了解别人的弱点。他认为，一个人只有当他可以清楚地知道自己和他人的弱点，能给别人指出来，并且可以控制、隐瞒自己弱点的时候，才能够胜任领导者的职位。所以，他从来没有因为年轻的巴克拉诺夫模仿自己而取笑他。他在巴克拉诺夫这个年纪，也曾模仿过那些指导过自己的人，当时也像巴克拉诺夫崇拜他那样，认为他们都特别优秀。后来，随着年龄的增长，他逐渐明白，那些老师并不像他想象得那样厉害，但他仍然很感激他们。巴克拉诺夫不只模仿他的行为举止，还学习他的生活经验、斗争方式、工作方法以及他的品行。莱奋生知道，这些行为举止将随着时间的流逝而逐渐消失，可是那些被巴克拉诺夫逐渐丰富发展的经验，将会传给新的莱奋生们和巴克拉诺夫们，而这些，他觉得才是最重要和最必需的。

八月初的一个雨夜，通讯员骑马以接力的方式送来一封信，信是游击队的参谋长老苏霍维柯夫写的。他说，日军袭击了游击队主力所在地阿奴庆诺，在伊兹维茨卡附近展开了激烈的战斗，数百人战死，他本人身中九颗子弹，现在隐藏在一个猎人的小屋，恐怕也将不久于人世。

通讯员送来消息后不久，战败的传言就以一种让人不安的速度从盆地传来。每个通讯员都感到，自从开展游击战争以来，这是他所送的最可怕的消息，甚至连他们的长毛马也受到惊吓，它们龇牙咧嘴，发疯般地沿着凄凉泥泞的乡村小路，从一个村庄飞奔到下一个村庄，马蹄下的泥浆四处飞溅。

莱奋生晚上十二点三十分接到消息。半小时以后，牧羊人麦杰里查率领的骑兵队离开克雷诺夫卡，沿着锡霍特—阿林山上偏僻的小径，像扇子一样分散奔往丝维亚基诺战斗区的各个分队，告诉他们这个令人震惊的消息。

莱奋生用了四天的时间收集各个分队的消息。他的大脑一直处于紧张状态，似乎时刻准备着收到令人更震惊的消息。但是他依然像往常一样平静地对大伙儿说话，眯着那双冷淡嘲弄的蓝眼睛，拿那个“邋遢的马露霞”取笑巴克拉诺夫。有一次，“金翅雀”受不了内心的恐惧，问他为什么对这件事没有采取任何措施，莱奋生和蔼地弹了一下他的额头说，这可不是“鸟儿该管的事”。莱奋生的态度让大伙儿觉得，他对于整个事情的来龙去脉都了如指掌，没什么异常，也无需恐慌，他早已经制定出一个万全之策。实际上，他不但没有计划，还感到茫然无措，就像个被要求当场解答含有大量未知数算术题的小学生。他在等城里的消息，在接到那个重要消息的前一个星期，游击队员卡农尼科夫就已经去城里了。

卡农尼科夫是在接到那个消息后的第五天回来的。他又累又饿，满脸胡碴儿，但头发还是和走之前一样红，人还是那么难以捉摸——还是老样子，真是无药可救。

“城里进行了大搜捕，克拉依希尔曼被抓起来了。”他边说着话，边像赌场老千玩纸牌一样，熟练地从衣袖里拿出两封信，撇撇嘴笑了一下。其实他心里一点儿都不高兴，只是不笑就说不出话来，“日军已经占领了弗拉基米罗—亚历山大罗夫斯克和奥尔加，我们在苏昌的部队被打败了。战事一败涂地！给，抽支烟吧。”他说着递给莱奋生一支金色过滤嘴香烟。

莱奋生匆匆看了一眼信封，把一封信塞到口袋里，打开另一封信。信里的内容证实了卡农尼科夫的报告。在那些官样文字和虚假乐观的背后，可以清楚地觉察到因失败和无能为力所造成的痛苦。

“糟糕的消息，是吧？”卡农尼科夫同情地问。

“还好。谁写的——是谢狄赫吗？”

卡农尼科夫点点头。

“谁都能看出来，他总是把自己说的话分成章节。”他讥讽地用指甲在“第四部分：目前任务”下面划了一下。莱奋生闻了闻那支烟，“真难闻，不是吗？给我点个火。日军占领的事还有哪些……你嘴巴闭紧一点，别说出去……给我买烟斗了吗？”卡农尼科夫开始解释为什么没给他买烟斗，可是他根本没听，又把注意力集中到那封信上了。

“目前任务”这部分有五段，其中四段对莱奋生来说是不切实际的，第五段写着：

“目前游击队领导最重要、最紧急的事情，就是要不惜一切代价保存小规模，但战斗力强、纪律性高的战斗单位，以后要围绕着这些……”

“把巴克拉诺夫和军需官找来！”莱奋生像打枪一样飞快地说。

他没读完就把信放进自己的军用包里，不知道以后要围绕那些“战斗单位”做什么。在这些问题中，他清楚地看到一个——“最重要的事情”。莱奋生扔掉熄灭的烟头，手指不停地敲着桌子。“保存战斗单位”，他不能理解，这在他的脑海中，就像在摊开的白纸上用铅笔写下的六个擦不掉的字。他机械地摸出第二封信，瞥了一眼信封，才记起那是妻子写的。“这封可以等等再看，”他想着，又把它收起来了，“保存战斗单位。”

军需官和巴克拉诺夫到的时候，莱奋生已经知道他和他领导的部队要做什么——竭尽所能把这支部队作为一个战斗单位保存下来。

“我们很快就要撤离这里，”他说，“一切都还井井有条吗？军需官，你说说！”

“是的，说说！”巴克拉诺夫重复了一遍，又紧了紧皮带，态度严肃坚定，仿佛他一直都知道事情会这样发展。

“哦，我已经做好准备，不会让任何人掉队。但是燕麦怎么处理？”军需官喋喋不休地提出了一个烦人的问题，受潮的燕麦，用破的袋子，生病的马匹，“它们驮不走所有的燕麦”——简而言之，他什么都没准备好，而且认为撤离是一个既危险又荒谬的主意。他故意不看队长，仿佛疼痛难忍一样皱着眉头，时不时地眨眨眼睛、清清喉咙。他知道自己在做无用功。

莱奋生没等他讲完就说：“胡说八道！”

“不，是真的，欧斯普·亚布拉梅奇。我们最好待在这儿。”

“待在这儿？”莱奋生摇摇头，似乎在可怜军需官的愚蠢，“你也一大把年纪了，思考问题怎么还跟个孩子似的？”

“我……”

“好了！”莱奋生拉了拉军需官衣服上的纽扣说，“要随时做好准备，知道吗？巴克拉诺夫，你负责这件事。”他松开纽扣，“真丢脸！你的那些袋子——简直就是胡扯。”他看了军需官一眼，眼神异常冷漠严厉。军需官明白，他的那些袋子确实不值得一提。

“是的，当然。好，明白了……也没那么重要……”他喃喃地说，他甚至已经准备好自己背着燕麦，只要队长这样要求，“还有什么能阻止我们呢？马上就可以准备好，我们今天就可以出发。”

“就是这股劲头！”莱奋生笑着说，“好，好，走吧！”他轻轻地在军需官的背上推了一下，“要随时做好准备！”

“聪明的杂种！”军需官既恼怒又钦佩地想道。

傍晚的时候，莱奋生召集各排排长和委员会的成员开了一次会议。

对于莱奋生的讲话，大伙儿的反应不尽相同。杜鲍夫一直沉默地坐在那里，捻着自己浓密的络腮胡，很明显他支持莱奋生的所有提议。反对最强烈的是二排排长库波拉克。他是全区年龄最长，最劳苦功高，也是最不明智的排长。没人支持他：库波拉克是克雷洛夫卡人，谁都知道，他关心的是村里的田地，根本不在意部队的利益。

“住嘴，你完蛋了！”牧羊人麦杰里查打断他说，“忘了你家娘们的裙子吧，库波拉克大叔！”和往常一样，他说着就激动起来，拳头“砰”的一声捶在桌子上，长满麻子的脸顿时汗涔涔地发亮，“我们就要跟小鸡一样完蛋了——别说了，我们玩完了！”他在房间来回踱着步，皮靴磨着地发出“刺刺啦啦”的响声，鞭子把板凳碰得东倒西歪。

“冷静点儿。”莱奋生对他说，虽然他私底下很欣赏这种冲动但很灵活的身体动作，像皮鞭一样既结实又柔软。麦杰里查一刻也坐不住。他的身体像火焰一样充满激情和活力，霸气的眼神释放出不可遏制的战斗欲望。

麦杰里查提出了自己的撤退计划。从这份计划中不难看出，处于兴奋中的他根本不畏惧长途跋涉的艰辛，而且他丝毫不缺少军事谋略。

“他说得对！他的脑袋很灵光。”巴克拉诺夫大声说道，对麦杰里查这个胆大心细的计划，他既钦佩又嫉妒，“不久前他还是个喂马的，可是过不了两三年，你们等着瞧，他就能指挥我们了……”

“麦杰里查吗？呵，是的……他可是我们的无价之宝。”莱奋生赞同地说道，“不过要小心——别骄傲啊！”

会上，每个人都认为自己比别人高明，拒绝接受别人的建议。然而，莱奋生却充分利用了这场激烈的讨论，用自己更简单安全的计划替换了麦杰里查的提议。他做得十分巧妙谨慎，仿佛这个一致通过的计划是麦杰里查提出来的。

莱奋生在给城里和斯塔欣斯基的信中写到，他将在几天内把部队转移到伊罗河子的发源地希比沙村，命令医院暂时不要转移，原地候命。

他完成工作的时候已经是深夜，煤油灯里的油快烧完了，依稀可以听见蟑螂躲在炉子后面沙沙地打闹着，隔壁小屋传来利亚别茨的打鼾声。他想起妻子的来信，往灯里添了些煤油，开始读起来。

一切还是老样子，让人高兴不起来——她还是没找到工作，不得不卖掉所有值钱的东西，现在完全是靠工人红十字会的救济勉强维持生活，孩子们患上了坏血病和贫血病，字里行间都流露出对他无尽的关切。莱奋生摸着胡子沉思了一会儿，动手写起来。他对于自己生活中的这一面，开始还只是勉强唤起一些思绪，但渐渐地陷入其中，脸色变得越来越柔和。他字很小，但却写了密密麻麻的两页纸，字迹有些模糊，而且信里有些话谁都不会想到是莱奋生写的。

写完信，他走到院子里，活动了一下有些麻木的四肢。马厩里的马匹正跺着蹄子，用力咀嚼着青草。棚子里，值班的勤务员抱着枪睡得很熟。“要是连哨兵也睡着了怎么办？”莱奋生心想。他在那里站了一小会儿，勉强驱散了睡意，从马厩中牵出自己的马，装上马鞍，值班的传令兵还是没醒，“这个杂种！”莱奋生小心翼翼地拿走他的帽子，藏到干草堆里，然后跳上马，查岗去了。

他沿着灌木丛悄悄地来到牧场。

“谁在那边？”哨兵“咔”的一声拉上枪栓，厉声质问道。

“自己人。”

“莱奋生？这么晚你来这儿干吗？”

“巡逻兵来过吗？”

“十五分钟前来过一个。”

“一切正常吗？”

“到现在还没什么动静，有烟吗？”

莱奋生给了他一些香烟，然后蹚过小河来到田野里。

朦胧的月亮透过乌云窥视着大地，苍白的灌木丛被露珠压弯了腰，从黑暗中显现出来。小河在浅水处泛起涟漪，喧闹着跃过卵石，声音清晰悦耳。前面小山坡上隐约看见四个骑马人的身影。莱奋生躲进灌木丛，一动不动地隐蔽起来。声音越来越近，他听出其中两个是巡逻兵。

“等一下！”他喊了一声，纵马来到路上。那几匹马有些受惊，不停地打着响鼻。其中一匹认出了莱奋生的小雄马，温和地嘶叫起来。

“吓了我们一跳！”前面的人说，他竭力让声音听起来镇定、平和，“嗨，你这个家伙！”

“跟你们一起的是谁？”莱奋生催马过来，问道。

“奥索庚的巡逻兵，日军到了玛丽扬诺夫卡。”

“玛丽扬诺夫卡?”莱奋生身子挺直了说，“奥索庚和他的部队在哪儿？”

“在克雷洛夫卡。”其中一个回答道，“我们不得不撤退。这一仗太惨烈了，我们根本站不住脚。派我们来联系你们，明天我们就去朝鲜人的村子。”他身体往前倾得很厉害，仿佛是让自己所说的话无情地压断了腰，“一切都化成了泡影。我们损失了四十个人，整个夏天我们都没遭受这么大的伤亡。”

“你们很早就离开克雷洛夫卡吗？”莱奋生问道，“向后转吧，我和你们一起去……”

回到部队的时候，天已经快亮了，他看起来很憔悴，两眼红肿，因为缺少睡眠头有些昏昏沉沉。

和奥索庚的谈话最终证明，他及早撤退、隐匿部队踪迹的决定是完全正确的。奥索庚部队的现状更加有力地证实了这一决定的正确性：他们的部队像一个桶板腐烂、铁箍生锈的旧木桶一样，遭到斧头重击就会溃不成军。人们拒绝服从队长的指挥，毫无目的地在院子里游荡，许多人烂醉如泥。其中有一个人给莱奋生留下深刻的印象：那人衣衫凌乱、瘦得皮包骨头，坐在路边的广场上，眼神空洞地看着地面，他显得绝望、不知所措，不停地向灰蒙蒙的拂晓放枪。

莱奋生一回来就派人把写好的信送了出去，但是没对任何人提起晚上即将撤离的事情。

第七章

敌人

莱奋生写给斯塔欣斯基的第一封信，是在那个有重大意义的农民委员会召开的第二天发出的。他在信里向斯塔欣斯基吐露了自己的担忧，并且建议医院应逐步转移，以免以后成为额外的负担。医生把信读了几遍，那只眼睛比往常眨得更快了，泛黄的下巴显得格外突出，连周围的人都感到了忧虑不安，好像莱奋生的担忧和不祥的预感，从斯塔欣斯基瘦削的双手拿着的灰色小信封里“嘶嘶”地钻出来，驱散了这里每一片青草叶和每个人心灵深处的祥和安宁。

晴朗的天气骤然结束，时而太阳隐约露面，时而下起雨。黑色的槭树最早呈现出秋天的气息，发出瑟瑟的哀悼声。黑嘴的老啄木鸟拼命地啄着树皮。皮卡内心焦灼不安，脾气也变得异常暴躁，而且经常沉默寡言，整天在泰加森林里游荡，回来时整个人显得疲惫不堪、心绪烦乱。做针线活的时候，线不是打结就是被扯断，坐下来下国际象棋，局局必输。他觉得自己就像用麦管吸了一口沼泽地里的腐水一样。这段时间，其他一些伤病员们开始返回自己的村庄。他们收拾起自己当兵时那点可怜的衣物，悲伤地和大伙儿一一道别。护士检查完他们的绷带，跟“兄弟们”亲吻道别。他们离开了，消失在阴湿神秘的泰加森林深处，崭新的树皮鞋淹没在青苔里。

瓦莉娅送走的最后一个人就是那个瘸脚的年轻人。

“再见，兄弟。”瓦莉娅吻了吻他的嘴唇说，“看，上帝多么爱你，给你安排了这么晴朗的天气。可别忘了我们这些可怜的人……”

“你的上帝在哪儿呢？”瘸脚的小伙嘲弄地笑起来，“哪有什么上帝！该死的，没有上帝！……”他想跟以前一样说几句俏皮的话，可是没说出口。他的脸抽搐了一下，垂头丧气地挥了挥手，转身一瘸一拐沿着小路走了，军用小饭锅叮叮当当响着，让人感到不安。

现在伤员只剩下弗罗洛夫和密契克。皮卡虽然一点儿病也没有，可是他不愿意离开。密契克穿着护士为他做的鲨革衬衫，靠着枕头和皮卡的长衫坐在床上。他的头已经不需要再缠绷带了，长出了浓密的淡黄色卷发。太阳穴上的伤疤让他的脸看起来苍老、严肃了许多。

“你也要快点儿好起来，赶快离开这儿。”护士有些悲伤地说。

“我能去哪里？”他茫然地问，自己也吃惊起来。这是他第一次想到这个问题，他感到一种熟悉的迷茫、不安和难过。密契克皱了皱眉头，“我没地方可以去。”他僵硬地说。

“什么意思？”瓦莉娅吃惊地嚷道，“喂，你当然要去莱奋生那里加入他的部队啊！你会骑马吗？我们是骑兵队。好吧，你会学会骑马的。”她挨着他坐到床上，握住他的手。密契克不看她。他迟早要离开，这个念头仿佛如胆汁一般苦涩，让他感到一阵阵的厌恶。

“不用担心！”瓦莉娅好像猜透了他的心思，说道，“像你这样漂亮的年轻小伙儿——那么害羞……你是个害羞的人。”她温柔地重复着，偷偷往四周瞥了一眼，吻了一下他的额头，她的吻带着母爱。“跟在沙尔狄巴那里不一样，在莱奋生的部队这些都不要紧……”她在他耳旁很快地小声说，“沙尔狄巴的人都是农民，我们的人都是矿工，全是些好人，很好相处。经常回来看看我。”

“莫罗兹卡呢？”

“那个姑娘呢——照片上那个？”她嗤嗤地笑起来，反问道，迅速从密契克身边闪开，因为弗罗洛夫把头转了过来。

“那个，我早就把她忘得一干二净了，照片都撕了，”他急忙补充说，“你没看见地上的碎片吗？”

“哦，不用担心莫罗兹卡。他已经习惯了，他自己也在外面胡搞。别泄气，常过来看看。要学会保护自己，不能软弱。不必害怕那些人，他们只是看上去很凶。当然，如果你把手指放到他们嘴里，他们肯定会给你咬下来。他们只是看上去可怕，你也要学着吓唬别人，这样做就可以了。”

“你也要吓唬别人吗？”

“我是女人，我不用，我用爱来制服别人。可男人们不一样，他们没有别的办法。我只是担心你不能表现得足够粗暴。”她若有所思地补充说。然后，又贴近他，低声说，“也许，我就是看上你这一点——我也不知道……”

“是的，我确实不够勇敢。”密契克心想，他把手垫在脑袋下面，眼睛一动不动地望着天空，“但是难道我真的做不到吗？我一定要……想办法……其他人能办到……”然而，他的思绪里没有半点儿忧郁，他既不难过也没有感到孤独，能够冷静地看待周围的一切，因为他正逐渐康复，伤口愈合得很快，身体也越来越强壮结实。所有的这些似乎都应归功于散发着蚂蚁和酒精气味的大地，以及眼神蒙眬的瓦莉娅护士，她所说的话都是从真挚的内心发出的——他一直相信这一点。

“而且，我干吗要泄气呢？”密契克心想，似乎对他来说，确实没有泄气的理由，“我一定要让自己和他们一样，一定不能放弃。她说得对，那里的人是不一样的。一定要适应他们。我一定可以做到！”瓦莉娅对密契克说的话和对他真挚的爱，使得密契克怀着儿子对母亲般的感激之情，以一种从未有过的自信下定决心，

“回到城里以后，一切都会不一样，没有人会认出我——我将成为一个完全不同的人。”

他的思绪越飞越远，飞到光芒四射的未来——那么轻盈、缥缈，像泰加森林空地上缓缓飘过的玫瑰色的云朵一样，毫无察觉地融化。他想象自己和瓦莉娅坐在不停摇晃的火车上，车窗开着，远处的山脉雾气朦胧，山上缓缓飘着玫瑰色的云朵。他们紧挨着，坐在窗户旁边，瓦莉娅喃喃地说着情话，他温柔地抚摸着她的头，还有像燃烧的白昼一样金灿灿的发辫……这只是他白日梦般的想象，幻想中的瓦莉娅也不是那个在一号矿井驼背的推车工。

几天后，部队里送来了第二封信，送信的是莫罗兹卡。他叫嚷着从森林里冲出来，把马拉得竖立起来，嘴里含糊不清地大声喊着，引起一阵慌乱。他这样做是为了炫耀自己过剩的精力，或者“只是想开个玩笑”。

“疯了吗，你这个魔鬼？”皮卡用他唱圣歌般的嗓音喝道，因为受了惊吓，他有些哆嗦，“有人快死了”——他朝弗罗洛夫点点头——“你过来就大喊大叫……”

“哈！谢拉菲姆大爷！”莫罗兹卡向他问候，“我的鬈发小宝贝过得怎么样？”

“谁是你大爷，我叫费奥多尔！”皮卡生气地说。他最近变得很容易发火，每次发脾气的时候都显得既可笑又可怜。

“没事，费多塞，别发火，要不然鬈发就掉没了……向我妻子致敬！”莫罗兹卡郑重其事地向瓦莉娅鞠了一躬，脱下帽子扣到皮卡头上，“没事，费多塞，这顶帽子很适合你。只不过要先把裤子提高点儿，看看你，裤子耷拉着跟稻草人的一样——人们会觉得你不是个绅士！”

“那么，我们马上就要撤离吗？”斯塔欣斯基打开信封，问道。卡切克担心自己的安危，站在医生背后伸长脖子想看看信的内容。“过会儿到屋里来拿回信。”斯塔欣斯基边说边把信藏起来不给卡切克看。

瓦莉娅站在莫罗兹卡面前，双手揪着围裙，第一次感到和丈夫见面有些莫名其妙的紧张。

“为什么走了那么长时间？”她终于装作冷淡地问道。

“想我了，是吗？”他嘲弄地问道，察觉到妻子对他难以理解的冷淡，“没什么，现在有机会可以弥补，我们这就到森林里去。”沉默了一下，又别有用意地加了一句——“受罪去。”

“你就知道这个。”她冷冷地回答，眼睛不看他，心里一直想着密契克。

“那你呢？”莫罗兹卡手里玩着鞭子，等着她的回答。

“对我来说也不是第一次，我们又不是不认识。”

“那么，我们可以走了吗？”他小心翼翼地说，但是还站在原地没有动。

她解下围裙，把头辫子甩到后面，装作漫不经心的样子沿着小路往前走。她努力克制自己不要回头看密契克，她知道他正用受伤同情的眼神看着她，他永远不会理解她只是在尽一个枯燥乏味的义务。

她担心莫罗兹卡会突然从背后抱住她，但是他并没有靠近，而是在她后面保持着距离。他们就这样走了很长一段时间，谁也没有说话。最后，她终于忍受不了了。她停下来，惊讶而又满怀期待地转向他。他走过来，还是没抱她。

“没做什么好事吧，你这个婊子？”他突然用沙哑的嗓音慢吞吞地说，“看上谁了吧？”

“和你有什么关系吗？”她抬起头，大胆地直视着他的眼睛。

莫罗兹卡一直都知道，自己不在的时候，她不像结婚前一样和别人乱搞。实际上，在他们结婚的第一天他就知道这些。那天他喝得烂醉如泥，第二天从地上醒来的时候，他看到自己年轻合法的妻子正躺在盖拉希姆怀里，那小子是四号矿井的采煤工人。但是不管是当时，还是以后，他对此一直毫不在意。他从没享受过家庭生活，也从没觉得自己是个已婚的人。但是，他不能容忍像密契克这样的人做自己妻子的情人。

“我想看看是谁？”他故意十分礼貌地问道，带着毫不介意的微笑嘲弄般地看着她，他不愿流露出自己的恼怒，“是那个妈妈怀里的小宝贝吗？”

“是他又怎么样？”

“他很好，漂亮、干净。”莫罗兹卡承认，“他会让你觉得更甜蜜。要多做几块手绢给他，擤鼻涕。”

“需要的话，我就做给他，我还要亲自给他擦——听到了吗？我自己给他擦鼻涕！”她猛地把脸往他身上一靠，情绪高涨地迸发出来，“别告诉我你有多勇敢、多厉害。三年了，你连孩子都搞不出来，你到底还有多厉害？就知道吹牛。好个英雄啊！”

“有一整个排的人帮你搞，我怎么能搞出来？你给我闭嘴，”他打断她，“要不然……”

“要不然——什么？”她挑衅地说，“你还想打我啊？好啊，打吧！我倒要看看你怎么打！”

他惊愕地举起鞭子，但又放下了，好像这个想法让他感到很意外。

“不，我不会打你。”他犹豫着说，语气里夹杂着惋惜，好像还在考虑是不是应该揍她一顿，“你确实欠揍，不过我不打女人。”声音里流露出她之前从未听到过的腔调，“那好，你可以选择你自己的生活。也许哪天你就成了一位漂亮太太。”他说完扭头就往小屋走去，不停地用鞭子抽打路边的野花。

“嗨，等一下！”她大声喊，突然感到很同情他，“万尼亚！”

“我不想捡那些上等人吃剩下的东西，”他厉声喝道，“他们来捡我吃剩下的才对！”

她不确定该不该追上去，最后决定不追了。她一直等他转了弯看不见了，才舔了舔干燥的嘴唇慢慢往回走。

传令兵回来了，边走边使劲挥动着胳膊。密契克看到莫罗兹卡这么快从树林出来，就知道他和瓦莉娅“什么事都没干”，而他自己，密契克，就是那个罪魁祸首。一种不安的愉悦和无法解释的内疚感从他心底涌出，他有些害怕见到莫罗兹卡那凶狠的眼神。

莫罗兹卡的长毛小雄马在密契克的床边咬扯着青草，发出令人烦躁的响声。传令兵走过来似乎是为了牵马，实际上，一种莫名强大的力量驱使着他朝密契克走去。但是莫罗兹卡自己却不愿意承认这一点，他心里充满了强烈的鄙视和极度的骄傲。随着莫罗兹卡脚步的临近，密契克心中的喜悦消失了，内疚感变得越来越强烈。他用懦弱畏缩的眼神盯着莫罗兹卡，无法把眼睛移开。传令兵抓住缰绳，那匹马好像故意用头拱了他一下，让他面向密契克。看到他怨恨憎恶的表情，密契克感到窒息。在那短暂的一瞬间，他感到自己那样卑贱、那样恐惧，脑海中突然闪现出一些模糊不清的字眼，但却一个音也发不出来。

“在后方日子过得很逍遥啊！”莫罗兹卡愤怒地发泄出心中的想法，根本没在意密契克无声的解释，“还穿着鲨革衬衣！”

想到密契克可能认为他是因为嫉妒才发火，这让莫罗兹卡更加生气。其实他自己也没弄明白为什么会这样，他用尽一切下流粗俗的语言大骂一通。

“你有什么好骂的？”密契克突然变得怒气冲冲。莫罗兹卡骂完以后，密契克有一种无法解释的轻松感。“我的腿断了。这也不是后方！”他颤抖着说，自尊心受到了伤害。那一刻，他自己都相信自己的腿断了，而且好像穿鲨革衬衣的人不是他，而是莫罗兹卡。“我们听说过那些前线的英雄们！”他涨红了脸，接着说，“还有，我告诉你——要不是我欠你的情……虽然我很遗憾——”

“哈！惹火你了吧！”莫罗兹卡激动地大叫，差点儿没跳起来，他仍然不听也不去想密契克在说什么，“你忘了我是怎么把你从炮火中救出来的吧？为了救你这样的人给我们惹了多少麻烦！”他大声叫嚷，似乎他整天不干别的，只是像火中取栗一样从炮火里往外拖人。“是的，很多麻烦！你们整天骑在我们的脖子上！”他边说边愤怒地拍着脖颈子。

斯塔欣斯基和卡切克从木屋里冲出来，弗罗洛夫惊愕地转过头，表示抗议。

“你们大喊大叫地要干什么？”斯塔欣斯基质问道，他的一只眼睛以惊人的速度眨着。

“我的良心？”莫罗兹卡咆哮着回答密契克问的这个问题，“我的良心在这儿——这，这！”他做着猥亵的手势，勃然大怒。

护士和皮卡从泰加森林里跑过来，异口同声地叫嚷起来。莫罗兹卡纵身跳到马背上，用皮鞭猛烈地抽打它（只有在他极度愤怒的时候才会这么做），米什卡前腿跃起，像被烫伤了一样跳到一边。

“等等，拿着信！莫罗兹卡！”斯塔欣斯基不知道发生了什么事情，大声喊道，可是莫罗兹卡已经不见人影，树林里传来一阵嘈杂的马蹄声，扰乱了往日的宁静，声音很快消逝在远方。

第八章

第一步

小路像一条绷紧的长丝带，一望无际地向前延伸而去。悬垂的树枝抽打着莫罗兹卡的脸，但是他仍然不停地鞭打那匹狂奔的马，心里充斥着满腔的愤怒、羞辱和复仇的念头。和密契克争吵的话语一遍遍地在他燃烧着的脑海中浮现，虽然一句比一句尖刻，但是莫罗兹卡还是认为没能充分表达出他对他这种人的鄙视。

比如，他应该提醒密契克，在大麦地里的时候他是用多么慌乱的双手抓着他不放；那时密契克的眼睛里充满了多么绝望的恐惧，担心自己那条卑贱的小命；他还应该无情地嘲笑密契克对照片中那位鬈发小姐的眷恋，也许那张照片还在他紧贴胸口的衣兜里珍藏着，他应该用最肮脏的名字称呼那位端庄漂亮的小姐。

这时他想起，密契克正和自己的妻子搞在一起，不会再因为那位端庄的小姐而感到受伤。想到这儿，莫罗兹卡不再为自己恶毒地辱骂了那个下贱的对手而感到胜利，反而又一次觉得羞愤交加，恶气难吐。

米什卡对主人的蛮横感到非常生气，只有在马嚼子刺痛嘴时，它才不停地飞奔；一旦马嚼子松弛下来，它就放慢脚步；觉得主人不再催促的时候，就故意急速地往前走，像一个受到伤害却仍极力维护自尊的人。它甚至没去理会一直尖声叫唤的松鸦。今晚的松鸦异常聒噪，这让它觉得它们比以往更加愚蠢可笑。

泰加森林的边缘是一片桦树林，阳光透过树叶照在莫罗兹卡的脸上，这里的一切都是那么简单舒适，令人心情愉悦，一点儿都没有尘世那种松鸦般的喧闹。莫罗兹卡冷静下来，心中堆积着的对密契克的辱骂话语已经没有了鲜明的报复色彩，显得很苍白、无趣，而且太荒唐、太没理智。他已经后悔跟密契克发生了冲突，后悔没有能“保住尊严”。他感到自己比想象中更在意瓦莉娅，同时也明白，自己再也不会回心转意了。在他像其他人一样生活、一切都似乎那么简单明了的时候，瓦莉娅曾是他最亲近的人，是他以前矿工生活的唯一联系，正因为这些，他明白，离开瓦莉娅仿佛意味着结束了以前那段漫长的生活，而新的生活还没开始。

太阳照射进莫罗兹卡的帽檐底下，它像一只冰冷的眼睛，仍然一动不动地悬挂在山脊上，而田野上一个人也没有，显得很荒芜。

他看到一捆捆麦束静静地躺在一个还没收割完的大麦田里，麦垛上放着一个女人的围裙，一个耙子胡乱地插在田埂上。一只乌鸦默默地蹲在一个歪倒的麦垛上，像孤儿一样形单影只。对于这些，莫罗兹卡丝毫没有在意。他打开了尘封多年的记忆，却发现里面根本没有任何欢乐，只不过是一个阴暗可恶的包袱。他感到孤苦伶仃、寂寞无比。他好像走在一个无边无际、没有人烟的田野上，而它那令人恐惧的空旷更加衬托出他的孤独寂寞。

突然从山冈后面传来一阵沉闷的马蹄声，莫罗兹卡回过神，猛地抬起头，面前是一个骑马的巡逻兵，身材矮小笔挺，腰上扎着皮带，骑着一匹精力充沛、大眼睛的马。那匹马因这次意外相遇而受惊，前腿跃了起来。

“真该死！”巡逻兵抓住掉下的军帽，咒骂道，“是你吗，莫罗兹卡？赶快回去，出事了！上帝啊，真搞不明白他们！”

“出什么事了？”

“过来一些逃兵，说了一大堆事，满满一大堆。说什么日军随时都会到这里，农民们都从地里跑回家，女人也都哇哇大哭。他们把大车都赶到了渡口，人多得跟赶集似的！那情景真是太壮观了！他们差点把摆渡的人杀了，我觉得到现在还没渡完，没有，我确定，肯定没有。格里什卡跑出十俄里，根本就没日军——哪有啊？这群杂种！他们胡扯，混蛋！干这样的事应该拉出去毙了，就是太浪费子弹了——是的，浪费子弹。”巡逻兵激动得唾沫乱飞，不停地挥动皮鞭，帽子戴上又摘下来，还时不时目空一切地甩甩头发，似乎除此之外他还想说，“瞧瞧我，老家伙！姑娘们都爱我！”

莫罗兹卡记得两个月前这个家伙偷了他一个白铁缸子，还赌咒说“自从在德国前线”的时候，这个缸子就是他的。虽然莫罗兹卡并没有因为丢了一个缸子感到可惜，但是它却让他想起了部队生活。其实巡逻兵说话的时候他根本没在意，而是一直在想自己的事情。那些紧急的公文送达，卡农尼科夫的归来，奥索庚的败退，以及最近部队里传得沸沸扬扬的谣言——所有这些都波涛汹涌般地向他袭来，冲掉了这一天以来一直淤积在心里的污垢。

“逃兵？你在说什么？”他打断巡逻兵的话。

巡逻兵惊讶地挑起眉头，像静止了一样一动不动，手里刚刚脱下的帽子还没来得及再戴上，就这样悬在半空。

“就知道出风头，你这个蠢货！”莫罗兹卡鄙夷地说。他气冲冲地拽了拽缰绳，过了几分钟就到了渡口。

摆渡的人是个毛发浓密的家伙，他卷起一条裤腿，露出膝盖上一个很大的肿块。驾着超重的渡船不停地来回，这早已让他精疲力竭，但是仍有许多人等着过河。每次船一到岸，人群、包袱、大车、哭闹的婴儿、摇篮，像雪崩一样涌向他。每个人都想第一个挤到船上。人们互相推搡、不断跌倒，叫嚷声、碰撞声混成一团，摆渡人扯着嗓子大声喊叫，想维持秩序，可是即使他喉咙都喊哑了，也没人听他的。一个翘鼻子的农村妇女从逃兵那儿听来点儿消息，她不知道是应该先赶快回家，还是应该先把自己听来的消息告诉岸边等船的人，结果错过了三次渡船。她把一个体积比她还大的塞满喂猪的甜草根叶的口袋“砰”的一声扔到地上，然后一会儿“上帝啊、上帝啊”地祈祷，一会儿又开始讲她知道的消息——她大概会第四次上不了船。

碰到这种混乱的场面，照往常“逗乐”的习惯，莫罗兹卡会吓唬一下他们。但是这次不知什么原因，他决定不再这样做，反而跳下马安定人心去了。

“别再妖言惑众了，这里哪有什么日军！”他打断那个女人的话，她正兴奋地说得起劲，“在说毒气吧！是有气，不过大概是朝鲜人在烧干草，让她说成了毒气！”

农民们不理会那个女人，都跑过来围住莫罗兹卡。他突然感觉自己成了一个举足轻重的有责任感的人，而且很高兴担当这一新角色，庆幸自己刚才克制住了要“吓唬他们”的欲望。他对逃兵的谣言进行了驳斥和嘲弄，最后终于使大伙儿的情绪平静下来。渡船再次靠岸的时候，已经不再那么拥挤了，莫罗兹卡亲自指挥着大车上船。农民们开始后悔那么早就从地里跑回来，生着闷气，大声呵斥自己的马。那个翘鼻女人也拖着袋子挤到一个人的车上，待在两个马头和一个农民的大屁股中间。

莫罗兹卡倚在栏杆上，注视着渡船周围泛起的一圈一圈的白色泡沫，它们有秩序地流动着，没有一个试图去赶超前面的。它们固定的顺序让他想起自己组织农民上渡船的情形，他对此感到高兴。

快到牧马场的时候，他遇到了接班的巡逻队——杜鲍夫排里的五个小伙子。他们用笑声和善意的粗话跟他打招呼，因为他们都很高兴见到他，但是又没有什么必须要说的话，而且他们都是年轻健壮的小伙子，即将来临的夜晚又是那么凉爽，那么令人心旷神怡。

“见鬼去吧！”莫罗兹卡冲着他们后面大声喊道，羡慕的眼神一直目送着他们。他多么希望是他们中的一员，一起说笑，一起咒骂，一起在这凉爽的令人心旷神怡的夜晚策马驰骋。

莫罗兹卡遇到游击队员后才猛然想起，离开医院的时候没拿斯塔欣斯基的回信，这会给他带来很大的麻烦。他想起了那次大会，自己差点儿被踢出部队，心里不免紧张起来。这时他才意识到在过去的一个月里，这件事情对他来说是最重要的，甚至比今天在医院发生的事情都重要得多。

“米什卡，老伙计！”他抓着马脖上的鬃毛说，“我恨透这堆烂事了，兄弟——恨透这些该死的公务了！”

米什卡甩了甩脑袋，打了个响鼻。

莫罗兹卡骑马赶往司令部的时候，下定决心“蔑视一切”，请求回到排里去，跟其他兄弟一起，从传令兵的职责中解脱出来。

在司令部的门廊上，巴克拉诺夫正在审问逃兵——他们已经被解除了武装，看管起来。巴克拉诺夫坐在台阶上，一一记下他们的名字。

“伊万·费里蒙诺夫。”其中一个使劲伸长脖子，可怜巴巴地说，声音有些颤抖。

“什么？”巴克拉诺夫学着莱奋生的样子，把整个身子都转过来对着他，用一种让人敬畏的腔调又问了一遍。巴克拉诺夫坚信，莱奋生这样做是为了强调所提问题的重要性，但实际上，莱奋生是因为很久以前脖子受过伤，不能随意转动而这样做的。

“费里蒙诺夫，你的姓？”

“莱奋生去哪了？”莫罗兹卡问道。有人朝门那边点点头，他理了理头发，走进小屋。

莱奋生正在屋角的桌子旁边忙碌着，没看到他进来。莫罗兹卡摆弄着皮鞭，有些不知所措。他和队里其他的人一样，也认为队长是一个特别的人。但是生活经验告诉他这种人是少见的，所以他一直试图说服自己莱奋生不是他们所想的那样，相反，莱奋生是个狡猾的大坏蛋。然而，他仍然不得不承认，队长能够看透一切，想欺骗他是几乎不可能的。所以莫罗兹卡每次提出什么请求的时候，总有种奇怪的感觉，觉得不会被批准。

“又跟个老鼠似的啃纸片呢？”他终于开口。

“信我已经安全送过去了。”

“有回信吗？”

“没……没有……”

“哦，很好。”莱奋生把地图放到一边，站了起来。

“听我说，莱奋生，”莫罗兹卡说，“我想求你个事。要是你做到了，我一辈子都拿你当好朋友，我保证！”

“一辈子的朋友？”莱奋生微笑着重复道，“好吧，接着说，你想要什么？”

“派我回以前的排里去。”

“回排里？为什么？”

“说来话长。告诉你，我烦透了。好像我根本不是一个游击队员，而是一个……”他摆了一下手，皱着眉头，生怕说出什么粗话把事情搞砸了。

“那么谁来当传令兵呢？”

“叶菲姆卡很合适。”莫罗兹卡热切地说，“他骑马技术很棒，告诉你，他以前在队里得过好多奖呢！”

“一辈子的朋友，你刚才说？”莱奋生又说了一遍，说话的语气似乎在强调这才是最重要的事情。

“别取笑我了，你这个讨厌的家伙！”莫罗兹卡激动起来，“我说的是正事，你还笑我……”

“好了，别激动——对身体不好。告诉杜鲍夫派叶菲姆卡来……你可以走了。”

“真够朋友……你帮了我一个大忙！”莫罗兹卡兴奋地嚷起来，“真是个称职的队长！莱奋生！太好了！……”他从头上扯下军帽，使劲扔到地上。

莱奋生把帽子捡起来，说：“蠢货！”

莫罗兹卡赶到排里时天已经黑了。他走进小屋，屋里有十几个人。杜鲍夫正骑在板凳上，借着灯光拆手枪。

“哈，你这个杂种！”他从胡子下面嘟嘟囔囔冒出一句，这时他看到莫罗兹卡手里提着一捆东西，惊讶地问，“干吗带这些东西过来？降职了，还是发生什么事了？”

“完了，完了！”莫罗兹卡大声喊，“退休了！我现在是屁股上插了根羽毛，像鸟儿一样自由了，就是没有退休金。让叶菲姆卡去——这是队长的命令。”

“大概我还应该谢谢你吧，啊？”叶菲姆卡讥讽地说。他长得干瘦如柴，满脸粉刺，是个脾气暴躁的家伙。

“去吧，去吧，别再问了。总之一句话，恭喜恭喜，叶菲姆卡·谢苗诺维奇！该请我喝一顿。”

又可以和大伙儿在一起，莫罗兹卡感到异常兴奋。他不停地说笑、逗趣，和房子的女主人打闹，在屋子里手舞足蹈，结果不小心撞到排长身上，打翻了他的添油壶。

“蠢材！生锈的陀螺！”杜鲍夫暴跳如雷，在他的背上猛地捶了一下，莫罗兹卡的脑袋被震得差点儿搬了家。

杜鲍夫这一下打得很痛，可是莫罗兹卡一点儿也不在意。他甚至很欣赏杜鲍夫粗鲁的话，欣赏他说话的习惯——用一些谁都搞不懂的单词短语。这里的一切对莫罗兹卡来说都是理所当然、合情合理的。

“好了，是时候了，确实是时候了。”杜鲍夫说，“回来对你来说是件好事。在那儿你都变成无赖了，跟个锈坏了的陀螺一样，又老又没用，真给我们丢脸。”

大伙儿都觉得这是件好事，但是原因却不尽相同：他们喜欢莫罗兹卡的地方恰恰是杜鲍夫最讨厌的。

莫罗兹卡极力想把在医院发生的事情从脑海中抹去，他非常担心有人问他：“你妻子过得怎么样？”

后来，他和大伙儿一起到河边饮马，猫头鹰在树上“唔唔”地叫着，声音低沉模糊，但却一点儿也不让人感到恐惧；马默默而又警觉地喝着水，在雾气笼罩的河面上几乎看不见它们的身体轮廓；岸边黑乎乎的灌木丛在散发着甜味的寒露中瑟瑟发抖。

“这就是生活！”莫罗兹卡心想，朝着那匹小公马亲切地打口哨，召唤它过来。

回到小屋，他们修了修马鞍，又擦了擦枪。杜鲍夫大声读着从矿井寄来的信。睡觉前，他指派莫罗兹卡去执勤，庆祝他“回家”。

整个晚上，莫罗兹卡都感觉自己是一个优秀的士兵，一个有用的好人。

睡到半夜，杜鲍夫突然感到腰被狠狠地戳了一下，醒了。

“什么事？什么事？”他警觉地问道，接着就坐起来。他还没来得及睁开惺忪迷茫的双眼看看昏暗的小灯，就听见——更准确地说是感觉到——远处的枪声，接着又传来一声。

莫罗兹卡站在床边，喊道：“起来，快点！河那边有枪声！”

枪声一声接一声地有规律地响起。

“把大伙儿叫起来！”杜鲍夫命令道，“挨个儿屋叫！快点儿！”

几秒钟后，他已经穿戴整齐全副武装地冲到院子里。天边开始微微泛白，没有风，却有些寒冷。星星惊惶失措地飞奔在雾气朦胧、杳无人迹的银河上。从干草房张开的黑乎乎的大嘴里，跌跌撞撞冲出衣衫不整的游击队员。他们束紧子弹带，牵出马，嘴里不断地咒骂着。母鸡发疯般地叫着，从鸡笼里飞了出来，马匹也跳个不停，发出嘶鸣声。

“集合！上马！”杜鲍夫命令道，“米特里，谢尼亚！把人都叫起来！快点！”

一枚信号弹在司令部前的广场上腾空而起，冒着烟带着“嘶嘶”声划破夜空。一个睡眼惺忪的农民妇女刚把脑袋伸出窗外想探个究竟，就赶忙又缩了回去。

“快关上！”一个颤抖沮丧的声音说道。

叶菲姆卡从司令部飞奔而来，对着门口嚷道：“集合啦！全副武装集合啦！”他骑的那匹马龇着牙抬起前腿，马头高过了门框。他又喊了几句，大伙儿还没明白是怎么回事，他就已经离开了。

派去叫队员们起床的那些人回来后，大家才知道，有一大半的队员没有在营房过夜，他们溜出去吃喝玩乐了，大概都留在姑娘们那儿了。杜鲍夫心里有些慌乱，拿不定主意是带着找到的这些队员先走呢，还是自己骑马去司令部看看发生了什么事。他一边咒骂上帝和神圣的东正教最高会议，一边派人分头找人。传令兵已经急冲冲地赶来两次了，传令全排集合，但是仍然有很多人没找到。杜鲍夫像一头困兽一样在院子里乱跑，绝望地想对着自己的脑袋开一枪，要不是他时刻牢记自己肩负重任的话，大概早就这么做了。那天晚上，他的大部分手下都知道了他拳头的无情。

最后，队员们终于在狂躁的狗叫声中向司令部出发了。街道上笼罩着恐怖的阴霾，充斥着慌乱的马蹄声和钢铁碰撞的声音。

杜鲍夫看到整支部队都在广场上，十分惊讶。大路上依次排列着武器粮草。很多人下了马，坐在自己的马旁边吸烟。他在人群中搜寻莱奋生矮小的身影，看见他正站在火把照着的木垛旁，坦然自若地和麦杰里查聊天。

“怎么这么慢？”巴克拉诺夫一见到杜鲍夫劈头就问，“还说什么‘我们矿工’！”他没能按捺住心中的怒火，否则根本不敢对杜鲍夫说这样的话。

排长只点了点头，最让他气不过的是巴克拉诺夫这个毛头小子现在竟然可以想骂他就骂他，而且是在这种他犯了严重过错，怎么骂都不为过的情况下。另外，巴克拉诺夫触碰了他的痛处，在杜鲍夫的心中，他一直坚信“矿工”这两个字是世界上一个人所能得到的最崇高、最光荣的称号，他领导的这个排不但丢尽了自己的脸，而且还给苏昌矿工，甚至所有的矿工的脸上（至少要往上数七代）都抹了黑。

巴克拉诺夫无所顾忌地把杜鲍夫痛骂了一顿，骑上马去把巡逻队员撤回来。杜鲍夫从五个刚刚从河对岸回来的队员那儿得知，根本没有敌人出现，他们只是按照莱奋生的命令开了几枪。这时他才意识到莱奋生只不过要测试一下全队的战备状况。想到自己让队长失望了，没能在全队树立榜样，他感到更加恼火。

大伙儿排好队点完名才发现还缺了很多人，大多是库波拉克排里的。库波拉克白天去亲戚家告别，喝得酩酊大醉，现在还醉醺醺的，一直在痛哭流涕，还不停地问排里的士兵，他们会不会尊敬一个像他这样的无赖、恶棍。所有的人都看出来他喝醉了，只有莱奋生装作不知道。要不然他只得撤了库波拉克的职，但是又找不到合适的人接替他。

莱奋生骑马巡视了一遍队伍，然后又来到中间位置，冷峻又严厉地举起一只手。夜晚神秘的声音变得异常清晰。

“同志们！”莱奋生说，声音低沉却很清楚，像听自己的心跳声一样，“我们将要离开这里。去哪里呢？现在还不需要回答这个问题。虽然我们没必要夸大日军的势力，但目前的形势还是需要我们的部队隐藏一段时间，这并不意味着我们就能高枕无忧，不能！我们仍然处在危险中，谁心里都清楚这一点。我们对得起‘游击队员’这个称呼吗？今天发生的一切恰恰证明我们不配。我们像学校的女生一样无组织无纪律，日军真来攻击我们怎么办？他们会立刻割断我们的喉咙。真是耻辱！”

莱奋生把身体猛地往前一倾，最后几个字像突然弹开的发条一样冲出来，每个人都感到自己的喉咙像被一双铁手掐着一样。

即使是库波拉克，虽然他什么都没听懂，但仍然深信不疑地大声喊道：“对……你说得对！”他摇了摇自己的大脑袋，大声地打起嗝来。

杜鲍夫一直以为莱奋生会说：“就像我们的杜鲍夫，很晚才赶到，他还是我最倚重的人，真丢人！”但是莱奋生没有提到任何人的名字。他的语言简练，但却着重强调了一点，仿佛在敲击一个不得不长久使用的大钉子。直到他相信自己的话已经深入到每个游击队员的心里，这才看了看杜鲍夫说：“杜鲍夫的排跟着武器和粮草……让他们冷静下来——他们理解力很强。”他蹬在马镫上挺直身体，挥了挥鞭子，喊道，“立——正！从右起排成三列……齐步走！”

嚼铁的“叮当”声和马鞍的“咔嗒”声混作一团。浓密的人群列队前进，像污浊池塘里的一条大鱼，在深夜中来回摆动，向着古老的锡霍特—阿林山脉进发。群山背后，古老而又焕发着青春活力的太阳正冉冉升起。

第九章

密契克在部队

部队的助理军需官到医院办理粮食储备的事务，斯塔欣斯基从他那里得知队伍已经出发了。

“莱奋生真是个足智多谋的家伙啊！”助理军需官背对着太阳，背上的衣服已经褪色，“要是没有他，我们就玩完了。你想想，没人知道来医院的路，所以，如果日军追击我们，部队就可以躲到这里来，甩掉他们。而且我们已经在这里储备了足够的粮食。你说他是不是很聪明？”他带着钦佩的神情晃了晃脑袋。斯塔欣斯基看出来，他夸奖莱奋生不只是因为他聪明，还因为他喜欢把自己所没有的优点都加到别人身上。

军需官来的那天，是密契克受伤以后第一次站起来。在别人的搀扶下，他到草地上走了走，脚底下草皮的弹性让他既兴奋又吃惊，一直莫名其妙地笑。后来他回到床上，不知是因为疲倦还是因为草皮带给他的愉悦感，心怦怦直跳。他的腿还是很虚弱，不住地发抖，但整个人沉浸在无比的幸福之中。

密契克散步的时候，弗罗洛夫一直羡慕地注视着他。在他面前，密契克感到一种无法抑制的莫名的负疚感。弗罗洛夫生病的时间太长了，人们的同情怜悯已经消耗殆尽。在大伙儿日常的关心和照顾后面，他听到了一个问题："你什么时候死？"但他却不想死。对生命的这种近乎愚蠢的留恋，像墓碑一样压在人们身上。

直到密契克离开医院的前一天，他仍和瓦莉娅维系着一种奇怪的关系。这就像是个游戏，谁都知道女人想得到什么、男人害怕什么，但是却没人敢迈出大胆的决定性的一步。

在瓦莉娅艰难而又忍气吞声的生活中，出现过许多已经无法通过眼睛和头发的颜色来区分的男人，对于这些人她甚至已经忘了他们的名字，更不可能对他们说："我的宝贝儿，心肝儿！"密契克是第一个她能说出这几个字的人，实际上她真的这样对他说了。似乎对她来说，密契克是那么俊俏、那么谦卑、那么温柔，只有他可以满足自己母性的渴望，正是因为这一点，她爱上了他。每当夜深人静时，她总会在心中涌出一种难以名状的躁动，一遍遍地呼唤他的名字；白天，她又按捺不住心中的渴望，搜寻着他的身影，想把他带到没人的地方，倾诉自己迟来的爱意。但是不知什么原因，她始终没有把心里话说出来。

密契克虽然怀着满腔的热情和青涩的幻想，也像瓦莉娅那样渴望着，可是又尽可能地避免和她单独相处——要么拖着皮卡一起，要么借口身体不好。他感到羞怯，因为他从来不了解女人。他觉得自己不会像其他人一样轻而易举地做到，反而会笨手笨脚地把事情搞砸。即使有时战胜了心里的胆怯，眼前又会出现莫罗兹卡挥着皮鞭走出树林时的愤怒形象，这让密契克感到惊慌，同时又因无法还情而饱受折磨。

在这场游戏中，密契克渐渐长高了，变瘦了，但直到最后一刻，他仍然无法克服自己的软弱。他和皮卡一起离开医院，跟大伙儿告别时都显得有些不自然，好像大家都不是很熟悉。瓦莉娅在小路上追上他们。

"至少我们该好好道个别。"她说，因为一路跑过来，再加上感觉有些尴尬，她的面颊泛着红晕，"在那儿我有些不好意思。以前从没这样过，但是这次我觉得不好意思。"就像矿上的姑娘们经常做的那样，她有些羞怯地往密契克手里塞了一个绣花烟袋。

那种羞涩，还有那件礼物，一点儿也不像是她做的事情，这让密契克心里涌出怜爱之情。因为皮卡站在旁边，他只是用嘴唇碰了碰她的脸颊。她泪眼蒙眬地看了他一眼，嘴唇有些颤抖。

“来看我！”她大声喊。树林淹没了他们的身影，听不到任何回答，她跌坐在地上，哭了起来。

在路上，密契克甩开那些让他难过的记忆，下定决心要成为一名真正的游击队员。他甚至把袖子卷了起来，希望晒黑点儿。在和护士那次难忘的交谈之后，他觉得，这对于自己即将开始的新生活非常重要。

日军和高尔察克士兵已经占领了伊罗河子河口。皮卡既紧张又害怕，一路上不停地抱怨一些自己臆想出的病痛。密契克没能说服他从山谷里绕过村庄，而是翻越山岭走了不熟悉的羊肠小道。第二天晚上，他们从陡峭的悬崖上走下来往小河的方向行进，路上差点儿摔死，密契克的脚还是有些不利索。黎明时分才碰到一个朝鲜人家，他们狼吞虎咽地喝了一碗没放盐的小米粥。看着皮卡衣衫凌乱的可怜相，密契克再也想不起那副令人陶醉的画面——一位安详聪慧的老人坐在宁静的长满芦苇的湖边。皮卡的狼狈不堪似乎在强调，那种宁静是不稳定的、险象环生的，他们难以得到安全的休息。

后来，他们经过几个稀疏的村落，没人听到有关日军的消息。问起是不是有部队经过时，村民们指了指河的上游方向，还向他们打听了一下消息，用蜜制的卡瓦斯酒招待他们，姑娘们用爱慕的眼光看着密契克。这是一个妇女们忙碌的季节，稠密的小麦把道路都死死地掩盖住了。早晨，蜘蛛网上只有晶莹的露珠在闪耀着，蜜蜂哀婉的嗡嗡声在秋天的空气中回荡。

傍晚时分他们赶到了希比沙村。这个小村庄坐落在树木茂盛的山脚下，此时正沉浸在落日的余晖中。在一个长满苔藓、破旧不堪的小教堂旁边，一群兴高采烈、活力充沛的年轻人，戴着红色玫瑰花结的军帽，在玩俄罗斯撞柱游戏。一个穿着长筒靴的矮个男人，留着又长又尖的红胡子，活像童话书里守护地下财宝的精灵。他刚刚打完，但是很丢脸，一个也没打中。大伙儿都笑话他，他也尴尬地笑了笑。可是大家都知道他一点儿也没感到难堪，和其他人一样玩得很高兴。

“那就是他，莱奋生。”皮卡说。

“哪里？”

“那里，红头发的那个。”

皮卡把迷惑的密契克丢在原地，自己一溜烟跑到矮个子面前。

“看哪，小伙子们！皮卡来啦！”

“是他，真的是他！”

“那么，他真的爬来了，这个秃顶的老家伙！”

大伙儿不玩游戏了，都过来围着老头儿，密契克站在旁边，犹豫着是该过去还是该待在那儿等人叫他。

“和你一起来的那人是谁？”莱奋生终于问了一句。

“哦，从医院一起来的，挺不错的一个人！”

“是莫罗兹卡救回来的那个受伤的年轻人。”有人认出了密契克。听到他们在谈论他，他往前走了走。

撞柱游戏玩得很差的那个矮个子长着一双警惕的大眼睛，那双眼好像抓住了密契克，把他内心翻了出来，就这样一直盯着，仿佛要掂量一下他到底有几斤几两。

“我想参加你的队伍。”密契克开始说，他忘了放下衣袖，脸一下子红了，“我受伤之前在沙尔狄巴的部队。”他为了增加说话的分量，又补充了一句。

“在沙尔狄巴那儿待了多长时间？”

“从六月份开始，大概……是从中旬……”

莱奋生带着探究的眼神看了他一眼，目光犀利。

“会打枪吗？”

“嗯……”密契克回答得有些不确定。

“叶菲姆卡，把枪拿来。”

叶菲姆卡跑去拿枪了，密契克觉得有几十双好奇的眼睛在打量着自己，认为他们是因为怀有敌意故意不说话。

“拿着枪。那么，打什么呢？”莱奋生看了看四周。

“打十字架吧！”有人兴致勃勃地建议。

“不，最好不要。叶菲姆卡，把那边的棒子都竖起来。”

密契克端起枪，突然感到一阵恐慌，眼睛几乎都闭上了——不是因为要打枪，而是因为他觉得大伙儿都希望他打不中。

“左手近一点儿，这样会好一些。”有人给他提了个建议。

这句话带着明显的同情，对密契克帮助很大，他镇定了一下.扣动了扳机，只听“砰”的一声——他禁不住眨了下眼——看到棒子掉了下来。

“你会打枪，”莱奋生笑着说，“骑过马吗？”

“没有。”密契克坦白说，刚才的成功似乎让他做好一切准备去承担整个人类的过错。

“太糟了。”莱奋生说，很明显，他确实认为这太糟了，“巴克拉诺夫，把那匹叫‘老废物’的马牵给他。”他狡猾地把眼睛眯成一条缝，“好好照顾它，它一点儿脾气也没有，你的排长会告诉你怎么做。我们该把他分到哪个排呢？”

“我看就库波拉克那个排吧——他那儿缺人手。”巴克拉诺夫说，“他和皮卡两个一起。”

“我看可以，”莱奋生同意了，“你们去吧！”

只看了一眼“老废物”，密契克刚才胜利的喜悦以及由此而生的骄傲幼稚的希望，一下子烟消云散了。这是一匹睡眼惺忪、无精打采的母马，脏兮兮的白毛，背部有些凹陷，肚子鼓鼓的，一匹温顺的一辈子都在农田里耕地的马，而且，还怀着马驹。它很适合这个名字，就像一个口齿不清的老太婆很适合接受上帝的祝福一样。

“这是给我的那匹马吗？”密契克低声问了一句。

“它长得不怎么样。”库波拉克拍了拍马屁股说，“马蹄有点儿软，我也不知道是因为日子过得太好了，还是因为身体不够结实。不过，你倒是可以骑。”他把那颗长着又短又硬花白头发的方脑袋转过来，执拗坚定地又重复了一遍，“是的，可以骑。”

“难道就没有别的马吗？”密契克问道，心里顿时开始憎恨起“老废物”，憎恨以后自己不得不骑它，但却无处发泄。

库波拉克懒得去回答这个问题，开始用一种枯燥乏味的语气告诉密契克，每天早上、中午、晚上他应该怎么样去照顾这匹老马，以避免那些数不尽的疾病、危险。

“要是你骑了很长时间，回来以后不要立马就卸下马鞍。”排长继续教导他，“要先让它站一会儿，歇一歇。一卸下马鞍就要用手或者干草擦一擦它的背，上马鞍之前也要先擦一擦。”

密契克嘴唇发抖，眼睛越过马头盯着远处，根本没注意听。他觉得，让他骑这样一匹蹄子奇形怪状的母马就是为了从一开始就给他下马威。他下定了决心开始新生活，而且最近他经常从这种新生活的角度去思考自己走的每一步。可是现在看来，他似乎不可能骑着一匹让人憎恶的马开始新的生活。根本没有人觉察到他已经脱胎换骨——变得坚强和自信了，每个人都以为他还是以前那个可笑古怪的密契克，一个连一匹好马都不配骑的人。

“这匹马，除了刚才说的那些毛病，还患有疥癣。”排长迟疑地说。他丝毫没在意密契克有多恼火，也不管自己的话到底起了多大作用，“最好的治疗方法就是用硫酸盐，但是我们没有，所以我们只能用鸡粪，也挺管用。找块布包些鸡粪，缠在马嚼子上，然后再给它戴上。这种方法挺灵的。”

“当我是什么——小孩子吗？”密契克心想，排长的话他一点儿没听进去，“不行，我要去告诉莱奋生，我拒绝骑这样的马。我没有义务去替别人受罪。”想到这是为了别人做出的牺牲，他心里舒服了很多，“不，我要把话给他讲个明白，他不能这样对我！”

排长说完就把马交给密契克照顾，这时他才后悔刚才没认真听。“老废物”耷拉着脑袋，白色的嘴唇不停地抽动着，密契克意识到这匹母马的生活完全由他负责了，但他一点儿也不知道该怎么办，甚至都不知道怎么把这匹温顺的母马拴起来。天黑以后，它在马厩里乱跑，吃其他马的干草，结果把别的马都惹恼了，执勤的人也发起火来。

“那个新来的跑哪儿去了？为什么没把马拴好？”木棚里有人大声喊道，还有愤怒地抽皮鞭的声音，“滚开，你这个鬼东西！嗨，谁值班哪？把它牵走，让它去……”

密契克在漆黑冷清的街道上走着，想到司令部去。他走得很快，加上心里异常兴奋，不一会儿就满身是汗，还不时地蹭到多刺的灌木丛，气得他用最难听的话咒骂着。有一次他差点闯进了一个年轻人的聚会，一个沙哑的手风琴正演奏着《萨拉托夫小调》，香烟在黑暗中冒着火星，军刀和马刺叮叮当当地响个不停，姑娘们兴奋地尖叫，整个地面都在疯狂的舞蹈下摇摆。密契克没敢上前问路，从边上绕了过去。要不是有个人从拐角那儿突然冲出来，他可能一晚上都找不到路。

“同志，到司令部怎么走？”密契克走到那人身边问道，这时他才认出是莫罗兹卡，“你好！”他有些尴尬地说。

莫罗兹卡吃惊地站住脚，嘴里含糊地嘟囔着。

“右边第二个院子。”他终于回答道，找不到其他的话，眼睛奇怪地闪烁着，然后头也不回地走了。

“莫罗兹卡！是的，他在这里。”密契克心想。像以前一样，孤独又一次笼罩了他，各种各样的危险包围着他，莫罗兹卡，黑暗陌生的街道，还有一匹他不知道该如何养活的温顺母马。

走到司令部的时候，他的决心已经消失殆尽，他不知道为什么要来这里，来做什么说什么。

在一个跟田野一样又大又空旷的院子中央生着一堆篝火，一二十个游击队员围着篝火躺着。莱奋生像朝鲜人一样盘腿坐在离火很近的地方，仿佛被“嘶嘶”冒烟的火苗吸引住了，密契克觉得他比以前更像儿童神话里的精灵。密契克走过去，站在他们后面，没有人回过头看他。游击队员们正轮流讲一些下流的故事，一个糊涂的牧师，他放荡的妻子和一个色胆包天的年轻小伙子。这个年轻人洞悉人情世故，巧妙地欺骗了牧师，赢得了牧师妻子的芳心。密契克觉得，他们讲这些故事不是因为真的觉得它们有多好笑，而是因为没有其他故事可以讲，而且他们也只是出于凑场合才笑。但是，莱奋生一直都认真地听，大声地笑，而且看上去是真心实意的。轮到他讲的时候，他也讲了几个色情故事，因为他是这里最有学问的人，所以他讲的故事也最吸引人、最淫秽。但是莱奋生看起来一点儿也不难为情，带着嘲弄的口吻，态度平静地信口开河。那些从他嘴里说出的下流话仿佛和他一点儿关系也没有。

密契克看着他，也想讲个故事。尽管他觉得这种故事很不雅，而且假装对他们不屑一顾，但是，事实上他自己也很喜欢听。可是他又担心大家会很吃惊地看着他，这会让他觉得很别扭。

他最终还是离开了，心里却很恼火，怨恨自己，怨恨大伙儿，特别是莱奋生。“我一点儿也不在乎，”密契克愤愤不平地噘起嘴，“不管怎么样，我都不会去照顾那匹母马，让它自生自灭好了。我倒要看看到时候他怎么说，我才不怕。”

从那以后，他真的没有照顾过那匹马，只有在训练的时候才牵出来，偶尔喂点儿水。要是密契克碰上一个责任心强的排长，可能就要挨批评，但是库波拉克对排里的事情一直不闻不问，听之任之。“老废物”浑身长满了疥癣，经常没草吃没水喝，有时别人可怜它会照顾一下。大伙儿都不喜欢密契克，认为他是个“游手好闲、自吹自擂的家伙”。

在排里只有皮卡和“金翅雀”两个人对他稍微友善一点儿。他和他们交往不是因为多么珍惜他们的友谊，而是因为交不到其他的朋友。“金翅雀”主动过来找密契克，想赢得他的好感。那时密契克因为没有擦枪，和班长吵了一架，独自躺在棚子里，木然地盯着天花板，这时“金翅雀”摇摇晃晃地走到他的身边。

“上火了吧？”他问，“算了！他就是一个愚昧的庄稼汉——别理他！”

“我没上火……”密契克叹了口气说。

“哦，那你就是觉得很厌倦了，这我能理解。”

“金翅雀”在拆下的大车前半部分坐了下来，摆了一个习惯的姿势，把涂了厚厚一层油的靴子蜷到身前，“你知道，我也感到厌倦。这里根本没几个受过教育的人，除了莱奋生，大概，虽然他也……”“金翅雀”耸了耸肩膀，意味深长地看了看自己的靴子。

“他也怎么样？”密契克好奇地问道。

“你知道，他也没受什么教育，只不过很有心计罢了。他利用我们来为自己积累资本。你不相信？”“金翅雀”苦笑了一下，“是的，当然。你觉得他很勇敢，是个真正的将军。”他带着特殊的口气说出“将军”这个词，“简直是胡扯！这都是我们自己想出来的，我向你保证！就拿这次我们撤退的事来说，我们没有给敌人一个出其不意的打击，反而躲到这个鬼地方。还说什么是出于最高战略方面的考虑。可能在那边我们的同志们正在流血牺牲，而我们却考虑战略问题！”“金翅雀”随手拔出车轮上的铁销子，又恼火地塞了回去。

密契克不相信莱奋生是“金翅雀”说的那种人，但是又觉得他说的很有意思。他很久没听到这么得体的谈吐了，不知道什么原因，他总希望“金翅雀”说的是真的。

“真是这样吗？”他坐起来，问道，“我一直以为他是个正直的人。”

“正直？”“金翅雀”惊讶地说，声音失去了惯有的甜腻，带着一种自以为是的腔调，“你真是大错特错了。就看看他身边的那些人！巴克拉诺夫是什么？一个毛头小子。他太高估自己了，看看他到底是什么样的助手？好像实在找不着人了一样！当然，我身体不好，受过伤——我曾经被子弹打中了七次，还得了炮弹休克症，我也不想去做这种麻烦的事——但是无论怎么样，不是我自夸，我不比他差。”

“也许他不知道你对打仗很在行？”

“上帝，他怎么会不知道！每个人都知道，你去问一下。当然，有些人因为嫉妒会向你撒谎，但是这却是事实。”

密契克渐渐地活跃起来，开始对“金翅雀”袒露自己的心情，他们在一起过了整整一天。虽然几番交谈之后，密契克对他有些反感，但还是离不开他，有时候一段时间不见面，密契克甚至会主动去找他。“金翅雀”向他传授如何躲避执勤和厨房里的工作——这些对密契克来说，已经丧失了原有的新鲜感，让人变得厌烦。

从那时起，密契克对部队的繁忙生活漠不关心。他看不出部队这架机器的主要动力在哪儿，也感觉不到发生的一切有什么价值。虽然他已经学会了顶嘴，不惧怕别人，皮肤也晒得黝黑，衣服邋里邋遢，从外表上看和其他人没有什么区别，但是他对于勇敢无畏的新生活的所有梦想早已因自己的冷漠而疏离，逐渐消逝。

第十章

毁灭的开始

莫罗兹卡觉得很奇怪，遇到密契克之后他既没有感到憎恶也不觉得怨恨，只是纳闷为什么这个坏蛋会出现在这里。但是，他又下意识地坚信，他，莫罗兹卡，应该生密契克的气才对。不管怎么样，这次的碰面让莫罗兹卡心绪难平，他急切地想找个人倾诉一下。

“我刚才正在路上走着，”他对杜鲍夫说道，“沙尔狄巴部队的那个家伙从拐角那儿迎面走过来，还记得吗，那次我救回来的那个？”

“怎么？”

“没怎么，‘司令部在哪儿？’他问我。‘那边，’我说，‘右边第二个院子。’”

“然后呢？”杜鲍夫觉得这全部经过中没什么有趣的地方，认为一定还发生了什么事，所以催促莫罗兹卡继续讲下去。

“哦，我遇到他了——就这些，还能怎么样？”莫岁兹卡莫名其妙地发起火来。

他突然感觉很厌烦，不愿再谈下去了。他本来打算去参加舞会的，结果却跑到干草垛旁躺下了，但又睡不着。让人不快的记忆像一块重物一样压得他喘不过气，他觉得密契克好像故意装作与他不期而遇，就是为了搅乱他的思想惹他犯错。第二天他的心情仍然无法平静，四处闲逛，极力地抑制住去找密契克的想法。

“为什么我们待在这儿什么也不做？”他没好气地向排长发牢骚，“我们闷得都要发霉了，我们的莱奋生在想什么？”

“他在想怎么做才能让莫罗兹卡高兴。他坐在那儿一直在想这件事，裤子都磨破了。”

杜鲍夫根本不了解一直困扰着莫罗兹卡的复杂心情。莫罗兹卡得不到同情，心里更加郁闷，他觉得，如果再没有足够的事情做的话，自己又要忍不住酗酒了。这是他生平第一次有意识地和自己心里的欲望做斗争，但是他的意志力却控制不了这种冲动。一件偶然发生的事情却阻止了他的堕落。

撤退到这个偏远的地方以后，莱奋生几乎失去了与其他部队的所有联系。偶尔搜集到的一些零星消息让大伙儿看到了一个溃败的恐怖画面。从乌拉新斯科吹来的风有一股浓浓的火药味和血腥味。

莱奋生穿过泰加森林里偏僻的人迹罕至的小路，和铁路方面取得了联系。他获悉不久后将有一辆满载武器和制服的军用火车从这里经过，铁路工人向他保证，一定让他知道确切的时间。莱奋生明白，敌人迟早会发现队伍的行踪，而且没有足够的弹药和棉衣在泰加森林里过冬，所以他决定了这第一次的出击行动。冈察仁科很快就把地雷装好了。在一个雾蒙蒙的晚上，杜鲍夫率领自己排里的士兵，神不知鬼不觉地通过了敌人占领的村庄，突然出现在铁路线上。

冈察仁科的地雷把装货的车厢和邮车炸开，但是丝毫没伤到乘客。在轰隆隆的爆炸声和到处弥漫的烟雾中，炸断的铁轨腾空而起，在空中摇晃了一下，接着“砰”的一声落在堤岸上。地雷上的细绳和电报线缠在一起。过后，很多人苦思冥想也没弄明白到底是怎么挂上去的，也猜不出挂在那儿干什么。

巡逻兵骑马在四处侦察的时候，杜鲍夫满载着战利品，在丝维亚基诺树林里等着天黑，他们要趁着黑夜穿过峡谷往回走。几天后他们到了希比沙村，无一人员伤亡。

“喂，巴克拉诺夫，现在可要看紧了！”莱奋生说，那双眯缝的眼睛让人看不透他到底是在开玩笑还是很严肃。当天，莱奋生就清点了所有物资，把大部分军大衣、弹药、军刀、面包干都分给士兵，只留下一部分以便马匹驮运。

敌人占领了整个乌拉辛斯科盆地，一直到乌苏里。一股新的兵力到达了伊罗河子河口，日军在各处悄悄侦察，曾经不止一次地碰到过莱奋生的巡逻兵。八月底，日军开始向河上游移动。他们前进的速度很慢，间歇时间长，每一次行动都小心翼翼，而且派出大量的兵力在两翼护卫。尽管如此，他们行进中这种钢铁般坚定的意志还是让人感觉到一股自信、聪明，还有些盲目的力量。

莱奋生派出的侦察兵们急迫地赶回来，但他们收集到的情报又总是自相矛盾的。

“你在说什么？”莱奋生冷冷地质问道，“昨天你说他们在索洛缅纳雅，今天早上你又说他们在莫纳基诺。难道他们又往后退了？”

“我不……不知道，”侦察员结结巴巴地说，“可能在索洛缅纳雅的是先头部队……”

“你怎么知道在索洛缅纳雅的是先头部队，而不是主力呢？”

“是听农民们说的。”

“你和你的农民们！你的任务是什么？”

这时侦察兵开始编造理由，解释为什么无法靠近敌军。实际上他是被妇女们的话吓破了胆，在离敌人十俄里的地方停下了，不敢再往前走一步。他坐在灌木丛里抽了会儿烟，等到合适的时间就回队里了。

“我倒要看看你怎么管这事。”他心里想，眨巴着一双农民式狡黠的眼睛瞅着莱奋生。

“得你亲自去一趟了。”莱奋生对巴克拉诺夫说，“不然我们就会像苍蝇一样被抓起来，根本不能指望这些人。找个人和你一起去，天亮之前出发。”

“找谁一起呢？”巴克拉诺夫问道。他竭力表现得严肃急切，尽管心里早已因为兴奋和战斗的喜悦而心潮澎湃。他也像莱奋生一样，认为应该隐藏自己的真实感受。

“你想带谁都可以。要不就带着库波拉克排里的那个新兵……叫什么来着——密契克？观察一下他，看看他到底怎么样。大家都说他不怎么样，也可能他们看走了眼。”

密契克很高兴参加这次的侦察任务。虽然来部队的时间很短，他已经积累了许多未完成的任务和未满足的许诺和愿望。如果只能完成其中的某一项，似乎也没有什么价值和意义。然而，所有这些都堆积在一起，压得他喘不过气来，使他不堪重负、痛苦万分，无法逃离这个荒唐狭隘的小圈子。但是，现在他觉得只要勇敢表现就能够从这个小圈子里脱颖而出。

他们天亮之前就出发了。山脉上泰加森林的顶部泛着微红，山脚下村落里的公鸡已经开始第二遍打鸣。天气有些寒冷，四周一片漆黑，让人觉得毛骨悚然。这种特殊的氛围，加上预知的危险和成功的渴望，激起了他们心里的斗志，似乎除此之外，其他的一切都不重要了。他们热血沸腾，整个身体都紧张起来。凛冽的寒风，像通上了电一样燃烧着，发出清脆的爆裂声。

“上帝啊，你的马怎么这副德行？”巴克拉诺夫说，“难道你没照顾它吗？是不是库波拉克那个笨蛋没告诉你怎么照管它？”巴克拉诺夫无法相信，一个会养马的人会把自己的马搞成这样子，“他没教过你，是吗？”

“嗯，你知道……”密契克有些窘迫地说，“他不是那种乐意帮忙的人，我也不知道该去问谁。”

撒谎让他觉得很惭愧，不停地扭动着马鞍，也不敢看巴克拉诺夫。

“那么，问谁都可以。我们队里有很多人懂得养马，打起仗来也是好手。”

尽管“金翅雀”的话在密契克的脑海中已经根深蒂固，但是他慢慢开始喜欢这个巴克拉诺夫。他长着圆滚滚的身材，看起来很结实，骑在马上像是被缝在马鞍上似的。褐色的眼睛十分警觉地注视着周围，敏锐地觉察到一切动静，并且立刻就能分出哪些是重要的、哪些是无关紧要的，得出一个切实可行的结论。

“该死的！我真搞不懂你的马鞍怎么会那样晃来晃去的！你把后面的皮带扎那么紧，前面的松松垮垮地搭在那儿。反过来才对。来，我们重新再弄一下。”

密契克还没想明白出了什么问题，巴克拉诺夫就已经从马上下来，开始重新扎马鞍上的带子了。

“哎呀，马鞍上的垫子也卷起来了。快点，下来——真是糟蹋马，快把马鞍重新装一下。”

只走了几俄里，密契克就已经确信巴克拉诺夫远比自己优秀、聪明，他是一个坚强、勇敢的人，应该心悦诚服地服从他。另一方面，巴克拉诺夫对密契克没有任何偏见，虽然他很快意识到自己比他强，但是仍平等地与他交谈，希望可以通过客观的观察来发现他的真正价值。

“谁派你来的？”

“我自己来的，‘极端派’告诉我在哪里可以找到你们。”

密契克想起了斯塔欣斯基让人难以捉摸的反应，竭力淡化派他来的那个组织。

“‘极端派’？你不该和他们搅和在一起，他们就知道说大话。”

“我不管他们怎么样，只不过因为我有一些高中的朋友在里面，所以我……”

“你念完高中了吗？”

“什么？哦，是的。”

“太好了。我也上过技校，学的是车床，不过没念完。我上学太晚了，你知道，”他解释道，好像在为自己辩解一样，“上学前我在一个轮船厂工作，一直到我弟弟长大，那时局势就开始混乱了……”

几分钟以后，他又慢慢地若有所思地说："是的，高中……小的时候我也想去上，可是你知道事情就是这样。"

显然，密契克偶然的几句话让巴克拉诺夫想起了不愿提及的一些往事。密契克突然很热情地开始向巴克拉诺夫证明，他没能上高中不是一件坏事，甚至应该算是好事。他也不理解为什么，就开始竭力说服巴克拉诺夫，尽管他没受过教育，但仍是一位很优秀、很聪明的年轻人。然而，巴克拉诺夫却看不出失学有什么好处，丝毫没有理解密契克复杂的理论。所以，两人的谈话没能推心置腹。他们俩谁都没有再说话，默默地骑马跑了一会儿。

一路上他们遇到了好几个侦察兵，还是照样厚着脸皮撒谎。巴克拉诺夫听完之后，只是摇了摇头。他们把马留在离索洛缅纳雅村三俄里的一个田庄里，步行赶路。太阳开始下山了，懒洋洋的田野里到处是戴着五颜六色头巾的农家妇女，祥和的身影在粗壮的麦捆旁忙碌着。迎面来了一辆大车，巴克拉诺夫向驾车的人打听索洛缅纳雅村有没有日军。

"听人说早上的时候大约有五个日本兵来过，但是一天都没有他们的消息了。希望他们能等我们收完了麦子再来……让魔鬼把他们都带走！"

密契克的心怦怦乱跳，不过他并没有感到恐惧。

"也就是说他们确实到了莫纳基诺。"巴克拉诺夫说，"那五个人一定是他们的侦察兵。现在我们可以进村了。"

一进村子，就碰到几条狗冲着他们慵懒地叫个不停。他们先走进一个小客店，客店门口停着一辆大车，幸亏门前的杆子上拴着一捆干草，要不根本找不到这个客店。他们在那儿喝了些牛奶，用巴克拉诺夫特有的方式：就着面包用碗喝。后来密契克回想起当天的情景仍心有余悸，脑海中总会浮现出巴克拉诺夫走出客店时的样子：红光满面、心满意足，上嘴唇还闪烁着白色牛奶的痕迹。他们没走几步就看到一个胖女人提着裙子从巷子里冲出来，在他们面前突然停住，一动不动地僵在那儿，头巾下面的眼睛像要瞪出来一样，嘴巴张得很大，像一条被逮着的鱼，大口地喘着气。她突然大声喊起来，声音又细又尖："天哪，孩子们，你们要到哪儿去？学校旁边有一大队日本兵！他们正往这儿来！赶快跑吧，他们往这边来了！"

密契克还没反应过来她在说什么，巷子口就走出四名步伐整齐、全副武装的日本兵。巴克拉诺夫大喊一声，拔出手枪连开两枪。密契克看见日本兵背后鲜血四溅，栽倒在地。发第三枪的时候，手枪出了毛病，子弹卡住了。剩下的两名日本兵，其中一个拔腿就跑，另一个从肩上取下枪，但是就在这时密契克感到一股新的力量充斥全身，他忘记了害怕，冲着日本兵连发几枪。最后几枪打中了，那个日本兵倒在地上痛苦地抽搐。

"快跑！"巴克拉诺夫大喊一声，"到大车那边去！"

几分钟后，他们解开拴在客店旁边那匹不停跳跃的马，沿着街道飞奔，激起一层厚厚的燥热的尘土。巴克拉诺夫站在马车上，使劲用缰绳的末梢抽打着马，不时地转过头看看有没有追兵。村中至少有五个军号手吹响了警号。

"他们在这儿……都在这儿！"巴克拉诺夫用一种既扬扬自得又十分愤怒的腔调大声喊道，"所有的人……主力……听见他们吹号了吗？"

密契克什么都没听见。他躺在大车上，被一种巨大的喜悦包围着：他安全了，他打死了那个日本人，他想起那人临死前在燥热的尘土里抽搐，痛苦地垂死挣扎。他抬头看了看巴克拉诺夫，那张扭曲的脸让他觉得厌恶和恐惧。

接着，巴克拉诺夫"哈哈"地笑起来。

"我们干得太漂亮了！他们进了村子，我们也去了。兄弟，你好样的！说实在的，我没想到你这么厉害，要不是你，我们早让子弹打得满身都是窟窿了。"

密契克竭力不去看他，躺在车上没抬头。他脸色发黄，显得很苍白，脸上长满了黑斑，像是地里已腐烂的麦穗。

走了大约两俄里，没发现有追兵的迹象，巴克拉诺夫在路边一棵榆树旁勒住马。

“你待在这儿，我到树上去看看情况。”

“干吗？”密契克有些不安，结结巴巴地问，“赶紧走吧，我们要回去报告……很明显他们的主力就在这儿。”他极力说服自己这些话是发自内心的，但是没办到，他害怕待在离敌人这么近的地方。

“不行，我们最好再等一会儿。杀了那三个笨蛋还不够，我们一定要摸清这边的情况。”

半小时以后，从索洛缅纳雅村出来二十名骑兵。“被他们发现了怎么办？”巴克拉诺夫心里有些发颤，“驾着这辆大车不可能逃出去。”他稳了稳情绪，下决心要等到最后。骑兵从小山的另一边过来，密契克没发现他们。他们走到一半路程的时候，巴克拉诺夫在他的位置上发现了步兵，他们刚从村子里出来，密密地排成几列纵队，步枪在扬起的尘土里反射出微弱的光芒。

他们拼命驾着马车冲回村子，差点要了那匹马的命，在那里他们骑上自己的马，几分钟以后已经飞驰在去希比沙村的路上，回到驻地已经是晚上。莱奋生像往常一样，在他们回来之前就很有远见地命令库波拉克那一排下马，去加强防哨。排里三分之一的士兵留下来照看马匹，其他的人都在村子附近一座古老的蒙古式小堡垒的围墙后面放哨。密契克让巴克拉诺夫把马牵回去，自己留在了排里。

他虽然很疲劳，却没有睡意。寒冷的雾气在河上弥漫开来，皮卡在睡梦中不断地翻身、呻吟，哨兵脚下的青草神秘地沙沙作响。密契克仰面躺着，眼睛注视着天上的星星，漆黑的苍穹躲在薄雾身后，隐隐约约透着星光。密契克感到自己的内心像天空一样，因为没有星光闪耀显得更加黑暗、更加空虚。他觉得弗罗洛夫一定时刻都能感觉到这种空虚。他突然想到，自己的下场可能会跟他一样，这个念头让他感到一阵恐惧。他极力驱散这种可怕的想法，可是弗罗洛夫的身影在他眼前不断闪现。密契克看见他躺在床上，双臂无力地耷拉着，面容憔悴，槭树在头顶上发出柔和的簌簌声。“他死了！”密契克惊恐地想。这时他的一根手指动了一下，接着弗罗洛夫转过脸来，瘦削的脸上带着一丝微笑，说道：“这帮家伙没做什么好事。”突然，他身体开始抽动，身上的衣服抖落在地，密契克发现原来不是弗罗洛夫，而是那个日本人，“太恐怖了！”他心里想着，浑身不自觉地战栗，但是瓦莉娅弯下身靠向他，说道：“别害怕！”她冷静而又温柔地抚摸着他。密契克舒服了许多。“不要怪我没好好跟你道别，”他温柔地说，“我爱你。”她贴近他的身体，可是突然间一切都消失了，无影无踪。过了几秒钟，他已经在地上坐起来，眨了眨眼睛，摸索着枪，这时天已经亮了，大伙儿正忙着收拾军大衣。库波拉克掩藏在灌木丛中。透过双筒望远镜观察什么。一帮人围在他身边，一个劲儿地问：“在哪儿呢？在哪？”

密契克终于摸到手枪。他爬上墙头，意识到大伙儿问的是敌人，但是自己也没发现敌人的踪迹，也开始问：“哪里？哪里？”

“都聚在这儿干什么？”排长带着愤怒的嘶嘶声嚷道，顺手推了一下眼前的人，“排成散兵线！”

大伙儿沿着墙壁依次排开，密契克伸长脖子想看看敌人在哪儿。

“敌人在哪儿呢？”密契克不停地问他旁边的人。那人下嘴唇耷拉着，趴在那儿根本没听他说话，但是不知怎的他一直用手挠着耳朵。突然，他转过脸，张口就骂。密契克还没来得及以牙还牙，就听见排长命令道：“全排……”

他用力把枪口推到围墙上，但是仍然没看到敌人在哪儿，他因为觉得别人都能看到而恼羞成怒，听到“开火”之后就胡乱开了一枪。他不知道，排里有一半的人和他一样什么都没看见，因为担心以后被嘲笑就都假装看见了。

“开火！”库波拉克又命令道，密契克又开了一枪。

“啊哈，他们吓跑了！”一些人嚷嚷起来。他们开始闹哄哄地瞎聊，脸上显出快活兴奋的神色。

“够了，够了！”排长大声说，“谁在那儿打枪？浪费子弹！”

密契克过了不久就得知，刚才过来的是日军的侦察兵。一些人自己没看到敌人，却嘲笑起密契克来，许多人吹牛说被他们瞄准的那些日本兵都从马上掉下来了。就在这时，传来一声大炮的巨响，轰隆隆的回声响彻整个山谷，有几个人吓得掉到地上。密契克像遭到重击一样蜷在那里，这是他第一次听到炮响。炮弹在村子后面的一个地方炸了，接着就是机关枪一刻不停地疯狂扫射，几十条步枪接连开火。游击队员没做任何反击。

大约一分钟以后，也或者一个小时以后——所有的时间概念都已经消失了，密契克意识到这一点，觉得有些恼火——他感到游击队员的数量增加了，还看到巴克拉诺夫和麦杰里查正沿着围墙往这儿来。巴克拉诺夫手里拿着望远镜，麦杰里查的脸颊抽动着，鼻孔张得很大。

“哈，你趴在这儿呢，”巴克拉诺夫说道，紧皱的额头舒展开来，“怎么样了？”

密契克苦笑了一下，竭尽全力让自己镇定下来，问道：“我们的马呢？”

“在泰加森林里。我们过会儿也去那儿，只是我们要先阻挡他们一下，我们这里还不算太糟，”他又补充了一句，显然是想让他放心，“但是杜鲍夫的排在山谷那边。啊，该死！”他咒骂了一句，近处的又一声爆炸吓了他一跳，“莱奋生也在那里。”他双手紧紧抓着望远镜，沿着那条散兵线跑开了。

第二次开枪的时候，密契克看见了日本兵，他们正一批批地穿过灌木丛跑着往这边逼近。离得太近了，密契克觉得，好像已经没有任何逃走的机会。然而他并没有感到害怕，而是备受折磨：到底什么时候能结束？这时，库波拉克突然出现，大声吆喝：“该死的，你往哪儿打枪呢？”

密契克回过头，发现排长不是在训斥他，而是皮卡，他一直没注意到皮卡在那儿。皮卡趴得比别人都低，脸埋在土里，枪举在头顶上，胡乱朝前边的一棵树开枪，库波拉克呵斥完，他也没停下来，虽然子弹已经用完了，只听到枪栓发出的“咔咔”声。排长用靴子踢了他几脚，皮卡还是没抬头。

过了一会儿，大伙儿都跑起来，开始一点儿秩序都没有，后来勉强排成一列纵队。密契克也和大伙儿一起跑，虽然不知道发生了什么事，但是，即使在这种极端混乱和惶恐的时候，他依然觉得所有这些并不像表面上看起来这样偶然、这样盲目，肯定有一些和他感受不一样的人，在指挥着他以及他周围的其他人。他没看到这些人，但却可以感觉到他们的意志。跑到村里，他定了定神——现在他们排成一列，改为步行——他不自觉地用眼睛搜索那些引导他命运的人。莱奋生走在队伍的最前面，晃着那把大毛瑟枪，看起来滑稽可笑，这很难让人相信他就是那个拥有掌控能力的人。密契克正努力思索这个问题，子弹又一次像雨点一样浓密猛烈地飞过来，他甚至觉得子弹从头发和耳朵上的绒毛里穿过去。队伍拼命往前冲，有几个人倒下了。密契克觉得，如果他们再开枪，自己就会和皮卡没什么两样。

那天的另一个模糊的印象是骑在马上的莫罗兹卡，那匹马龇牙咧嘴，火红的鬃毛迎风飘动。莫罗兹卡飞一般地疾驰而过，人和马已融为一体。后来密契克才得知，莫罗兹卡是使各作战分队保持联络的骑兵之一。

密契克到了泰加森林才完全回过神来。山路上布满了马蹄印，树林里很安静，枝叶遮出许多阴凉，黑沉沉的雪松林里，他们隐匿在长满青苔的树枝下。

第十一章

苦难

战斗结束后，部队撤退到一个偏僻的峡谷中，那里到处都长着马尾草和蕨类植物。莱奋生检查马匹的时候，目光落到“老废物”身上。

“这怎么回事？”

“什么怎么回事？”密契克小声嘟囔了一句。

“把马鞍拿下来，我看看它的背。”

密契克解下马鞍上的带子，手指有些发抖。

“果然如此，它背疼。”莱奋生说道，语气表明他早就料到是这样，“你是不是觉得骑完就没你什么事了，应该再派个人照顾它是吗？”

莱奋生拼命压住怒火，不让自己提高嗓门，但是他已经精疲力竭，胡子抖个不停，手指有些神经质地揉搓着之前从树上扯下的树枝。

“排长！过来一下！你的眼长到哪儿去了？”

排长紧盯着密契克不知为什么一直拿在手里的马鞍，眼睛一眨也不眨，然后他用一种阴沉缓慢的声音说道：“我不知告诉他多少回，这个笨蛋！”

“我知道！”莱奋生扔掉树枝，冷淡、严厉地看了一眼密契克，“去告诉军需官，治不好它，你就骑驮马。”

“听着，莱奋生同志，”密契克嘟囔着，因为感到屈辱，声音有些发抖，但是他觉得羞耻不是因为没有照顾好自己的马，而是因为他认为自己手里拿着这个沉甸甸的马鞍看起来愚蠢之极，“这不能怪我，听我说，等等……你现在可以相信我。我会照顾好它的。”

莱奋生头也没回，走过去检查另一匹马。

不久，部队因为供给缺乏不得不撤退到附近的山谷。几天来，部队一直在乌拉辛斯科支流编织的迷阵里不停奔波，无数次同敌人的遭遇战以及令人厌烦的长途跋涉已经让战士们疲惫不堪。没被占领的村子变得越来越少，哪怕一丁点儿的面包、燕麦也要通过艰苦的斗争才能得到，一次接一次的战斗使战士的伤口甚至来不及愈合。大伙儿变得面无表情、沉默寡言，比以前更冷漠、更暴躁。

莱奋生坚信，推动大伙儿的力量不仅仅是自卫，还有一种更高的、同样强大的本能，虽然表面上观察不出来，甚至他们本人也没意识到——正是在这种本能的驱使下，他们才能为了最终目标一直忍受着这一切，甚至心甘情愿地在乌拉辛斯科的泰加森林里死去。但是他也明白，这种本能深深隐藏在大伙儿日常生活中琐碎却又迫切的事情下面，隐藏在对于渺小却极其重要的自我的关心和担忧下面，因为每个人不得不吃饭睡觉，因为人的血肉之躯是软弱的。他们背负日常生活的重担，而且清楚自己的软弱，所以他们将自己主要的担子托付给那些更坚强的人——像莱奋生、巴克拉诺夫、杜鲍夫——希望这些人可以承担起这种责任，把注意力更多地放在这种重担上，而不是过多地关注自己的吃饭睡觉问题，而且还要提醒别人什么是最重要的事情。

现在莱奋生一直跟大伙儿在一起：亲自率领他们去战斗，跟他们吃同一锅的饭菜，晚上不睡觉去查岗。他还是部队里唯一没有忘记笑的人，甚至就从他跟大伙儿拉家常的话语里，战士们也能领会到这样的含意："瞧，我和你们一样吃苦。明天我也可能被打死或者饿死，但是我从没有失去信心，死亡没什么大不了的……"

即便如此，连接他和部队的那条无形的绳索每天都在一点点地断裂。这种联系越来越少、越来越微弱，对莱奋生来说，说服人们服从他就越来越难。他慢慢变成一个不近人情的领导人，凌驾在部队之上。

大伙儿经常用手榴弹去炸鱼，然后捉来当晚饭。谁都不愿到冰冷的水里去捞鱼，都强迫一个最窝囊的人去，这种事一般都会落到拉夫鲁什卡身上。他之前当过猪倌儿，没人知道他姓什么，胆子很小，说话有些结巴。他很怕水，每次从岸上下去的时候都哆哆嗦嗦怕得要命，而且一定要在胸前划个十字。密契克看到他消瘦痛苦的背影，心里总是很难受。

一天莱奋生发现了这件事。

"等一下！"他叫住拉夫鲁什卡，"为什么你不下去？"他冲着一个歪脸的小伙子问道。这家伙看起来好像有一边脸被门夹扁了似的，他正要把拉夫鲁什卡踢下水。

那人抬起长了一圈白睫毛的眼睛狠狠地瞪了他一眼，带着生气的眼神出乎意料地回答道："你干吗不试试？"

"我不试，"莱奋生平静地说，"我还有很多其他的事情要做。但是你——你去，现在就把裤子脱掉，难道你要看着这些鱼被冲走吗？"

"随他们去好了，我又不是他们的奴隶！"那家伙把身子一扭，不慌不忙地离开了岸边。几十双眼睛带着赞许的目光看着他，又嘲弄地望着莱奋生。

"这帮不干人事的家伙！"冈察仁科边说边开始解衬衣上的纽扣。这时，队长突然用异乎寻常的声音大喊道，"回来！"他吓了一跳，停了下来。

莱奋生的声音充满了一种出人意料的力量。

那家伙站在那儿，已经开始后悔卷进这场麻烦中，但又不愿在大伙儿面前丢脸，就又重复了一遍："我告诉你了，我不去。"

莱奋生手握着毛瑟枪，眼睛眯成一条缝，犀利的眼神一直盯着那个家伙，迈着沉重的步伐向他走去。那人犹豫了一下，开始动手解裤子。

“快点！”莱奋生带着威胁的口气嚷道。

那人偷偷看了他一眼，不由得紧张起来。匆忙中，一条裤腿怎么也脱不下来了，他担心莱奋生不知道这只是个意外会扣动扳机打他，于是急忙喋喋不休地解释：“好的，好的……卡住了……该死的！……马上就好！……”

莱奋生看了看大伙儿的脸，他们都畏惧他，充满敬意地望着他，但是也仅此而已，他们的眼里没有一丝同情。在那一刻，他觉得自己就是一个凌驾于部队之上的暴君。但是，他早已为此做好准备，而且深信他行使的权力是正当的。

从那天起，在找食物还是休息的问题上他不再犹豫。他抢牛，掠夺农民的田地和菜园。但是即使是莫罗兹卡也认为，这和他之前偷利亚别茨的瓜完全是两回事。

在乌杰庚斯克山脉的长途跋涉中．部队只能靠葡萄和在火堆上烤的蘑菇充饥。过了山脉，莱奋生进了老虎谷，离伊罗河子河口大约二十俄里的地方，有一个朝鲜人的农场，在那里他们遇到一个身材魁梧的人，身上的汗毛跟他穿的毡靴上的毛一样浓密，腰里别着一把生锈的斯密特枪。莱奋生认出这人是大乌拉辛斯科的私酒贩子斯狄尔克沙。

“哈，莱奋生！”斯狄尔克沙向他打招呼，慢性感冒致使他声音沙哑。他的眼睛躲在极度浓密的头发后面向外窥视，依然带着惯常的令人憎恶的嬉笑，“嗨，还活着呢？不错呀。他们都在找你。”

“谁在找我？”

“哦，日本人，高尔察克的人……还会有谁？”

“希望他们找不到我，有吃的没？”

“也许他们能找到你，”斯狄尔克沙颇有用意地说道，“他们也不是傻子。他们悬赏你的脑袋，在村里集会上宣读了一个命令，只要抓到你，死的活的都有赏。”

“真的吗？他们出的钱多吗？”

“五百西伯利亚卢布。”

“太便宜了！”莱奋生咧嘴笑了一下，“能弄点吃的吗？”

“这里什么都没有。朝鲜人自己只有小米饭可以吃，他们倒是有头猪，大概有十普特重，但是那简直就是他们的宝贝——这可是他们一个冬天的肉啊。”

莱奋生去找那个农夫。这个头发花白的朝鲜人，头上戴着一顶瘪了的硬壳帽，身体不由自主地颤抖，一开口就乞求他们不要抢他的猪。莱奋生虽然很同情他，但是一想到背后还有一百五十张饥饿的嘴巴等着吃饭，只能尽力向他解释除了抬走这头猪之外别无选择。那人听不懂他的话，一直双手合十不停地乞求着、重复着：“请别……抢走它……不要……”

“反正都是一样的……开枪吧！”莱奋生皱起眉头，好像开枪射击的不是猪，而是他。

那个朝鲜人也变得愁眉苦脸，抽泣起来。突然他跪倒在地，胡子伸进草里，开始亲吻莱奋生的脚。莱奋生轻轻地把他扶起来，但强忍着内心的不安，没有放弃那头猪。

目睹这一切，密契克心里很难过。他跑到木屋后面，把脸埋在干草里，但是即使这样，仍然能看到老人那张泪流满面的脸，那个穿着白色衣服蜷缩在莱奋生脚下的矮小身影。“这一切难道就不能避免吗？”密契克心里想着，脸上有些发烫，仿佛那些被他们掠夺去最后一点食物的农民又出现在他面前，那么温顺、那么无助。“不，不，太残忍了，太残忍了。”他一次次地想道，脸埋得更深了。

密契克觉得自己绝不会那样对待那个朝鲜老人，但是他还是和其他人一起吃了猪肉，因为太饿了。

清晨，敌人切断了莱奋生上山的路。战斗持续了两个小时，莱奋生几乎损失了二十个人，他突围出来，冲进了伊罗河子山谷。高尔察克的骑兵一直穷追不舍，他不得不舍弃所有的驮马，到晌午时分才走上通往医院的那条熟悉的小路。

他突然觉得坐在马鞍上竟然很吃力。刚才几个小时一直处于极度紧张的状态，松懈下来以后，心脏跳动得非常缓慢，好像随时都有可能会停止。他很想睡一会儿，慢慢低下头，身体立刻不由自主地在马鞍上摇晃起来——所有的事情都变得那么简单、那么无足轻重。突然，心里震了一下，他猛然醒过来，回头看了一眼。没人知道他在睡觉，每个人都已经习惯了队长那熟悉的驼背。怎么会有人认为他也和其他人一样筋疲力尽，也需要睡一会儿呢？“但是我还有足够的力气坚持下去吗？”莱奋生问自己。他摇了摇头，觉得膝盖有些颤抖，这种感觉让他很恼火。

“喂，你马上就能见到你媳妇了。”快到医院的时候，杜鲍夫对莫罗兹卡说。

莫罗兹卡没有接话，心想自己的婚姻生活已经结束了，尽管这些天他一直想见到瓦莉娅。他一直在试图说服自己，这只不过是一个毫不相关的局外人的好奇心而已，他只是想知道，“他们两个会怎么样？”

可是看到瓦莉娅的时候，她正和斯塔欣斯基、卡切克一起站在木屋旁笑着跟别人握手，他的心里又开始翻腾起来。他没停下，骑马一直往槭树那边走，然后松了松马的肚带，让自己不停地摆弄那匹马。

瓦莉娅羞涩又心不在焉地对每个人微笑，对大伙儿的问候也只是敷衍了事，眼睛一直在搜寻密契克的身影。四目相对时，密契克红着脸冲她点了点头，接着就把头低下了，担心她会直接跑过来，那样的话大伙儿就会知道他们俩的事。但是，她很谨慎，没有流露出见到他的兴奋心情。

他匆匆把“老废物”拴好，偷偷往树林溜去，没走几步就碰到了皮卡。他正躺在马旁边，眼睛湿润，神情孤独。

“坐吧。”他疲倦地说道。

密契克在他旁边坐下。

“我们现在去哪儿？”

密契克没有回答。

“要是没发生这些事情……我现在正在钓鱼。”皮卡像在做梦一样，喃喃地说，“在养蜂场那边，鱼现在都往下游。我会筑一道坝，剩下的事就是把鱼捞上来。”沉默了一会儿，又难过地补充道，“可是现在没什么养蜂场了。要是还和以前一样该多好啊，那边很安静，现在蜜蜂也不叫了。”

他突然用胳膊肘支起身子，伸手碰了碰密契克，接着说，声音因为伤心和痛苦而发颤，“听着，巴夫鲁沙！听我说，巴夫鲁沙，我的好孩子！难道再也没有那样的地方了吗，啊？没有它我们怎么过，巴夫鲁沙，亲爱的孩子？我已经没什么亲人了，就我一个……一个糟老头……过不了多久我也要死了……”他找不到合适的字来表达，只得吸了口气，那只闲着的手痉挛地抓着青草。

密契克没看他，甚至没认真听他说什么，但是老人说的每一句话总能在他心里引起一阵微弱的震颤，仿佛胆怯的手指正从他心灵深处那棵充满生机的树干上摘下枯萎的树叶，“都结束了，”密契克心想，“永远不会回来了……”他为那些枯叶哀悼。

“我去睡了。”他不想再听皮卡说话，“有点儿累了……”

他往树林深处走去，躺在灌木丛里打起盹，但是睡得一点儿也不踏实。他像是让人摇晃了一下似的猛地惊醒，心脏时断时续地跳着，汗涔涔的衬衣粘在身上。灌木丛后面传来两个人的谈话声，他听出是斯塔欣斯基和莱奋生，他小心翼翼地拨开树枝，向那边窥视。

“不管怎么样，”莱奋生阴郁地说，“我们不能再在这儿待了。唯一的出路就是去北边，到土陀—瓦卡山谷。”他解开图囊，拿出一张地图，“这里。我们可以越过山岭，沿着黄泥河子走下去。很远，但是只能这样。”

斯塔欣斯基没看地图，眼睛盯着树林深处，好像在测量将被汗水渗透的每一寸土地。突然，他的一只眼睛迅速地眨了一下，接着他瞅了瞅莱奋生。

“那……弗罗洛夫呢？你又忘了。”

“哦，弗罗洛夫。”莱奋生重重地跌坐在草地上。密契克看到他苍白的侧脸正对着自己。

“当然，我可以留下来陪着他，”斯塔欣斯基沉默了一会儿，低声说，“毕竟，这是我的职责。”

“胡扯！”莱奋生摇了摇头说，“日本人最迟明天中午就能到这里，跟踪我们的脚印就能找到。你的职责就是等着被打死吗？”

“那还能怎么办？”

“不知道。”

密契克之前从没见过莱奋生这么无助的神情。

“那只有一个办法了，我已经想过……”他突然停下了，紧紧咬着牙齿，一句话不说。

“是吗？”斯塔欣斯基问，似乎在等着莱奋生接着说下去。

密契克意识到他们在讨论一件邪恶的事情，他往前探了探身子，差点儿暴露了自己。

莱奋生想找一个词来表述那个唯一的办法，但是显然这个词他很难说出口。斯塔欣斯基看了他一眼，眼神有些恐惧、惊讶……他明白了。

他们不敢直视对方的眼睛，极度的恐慌导致身体不由自主地颤抖，吞吞吐吐地说着两人都心照不宣的事情，但是谁都没有直接说出一个词，尽管那样可以说得更清楚，也能快点结束心中的折磨。

“他们要杀了他！”密契克心里惊呼，脸色变得惨白，心脏也剧烈地跳动起来，他甚至害怕灌木丛那边的人听到他的心跳。

“他怎么样？不太好吗？很糟糕吗？”莱奋生接连问了好几次，“要是不那样的话……要是我们不……那么……总之，他有没有恢复的希望？”

“一点儿希望也没有。但是，这很重要吗？”

“无论如何，这让事情变得简单了一点。”莱奋生坦白说，但马上又因为自己的言不由衷而感到惭愧，但是他确实觉得这样事情会简单些。沉默了一小会儿，又轻声说：“我们今天就把这事办了吧。只是要小心不要让人怀疑，最重要的是不要让他本人知道，可以吗？”

“他不会知道的，过会儿就该给他吃溴剂[①]了，换成别的好了……但是也许我们可以推迟到明天？”

“为什么？有什么不一样吗？”莱奋生把地图收起来，站起身，“只能这样了，没其他办法，是吗？”他不自觉地想从斯塔欣斯基那儿寻求支持，可是他本身也需要别人的支持。

“是的，只能这样了。”斯塔欣斯基心想，但却什么也没说。

“听着，”莱奋生慢吞吞地说，“直说好了——你准备好了吗？如果没有，就直说。”

“我准备好了吗？”斯塔欣斯基又重复了一遍，“哦，我准备好了。”

“好吧，回去吧！”莱奋生碰了一下他的衣袖，两个人慢慢地朝小屋走去。

“难道他们真打算那么做？”密契克趴倒在草地上，双手捂着脸，这样不知过了多长时间，他站起来，扶着灌木，像受伤了一样摇摇晃晃地跟在斯塔欣斯基和莱奋生后面往回走。

那些卸下鞍子的马匹身上的汗已经干了，疲倦的脑袋冲着他。有些游击队员在空地上睡着了，鼾声如雷，其他人在做饭。密契克到处找斯塔欣斯基，但是没找到，又转身向小屋跑去。

他来得正是时候，斯塔欣斯基背对着弗罗洛夫站着，颤抖的双手迎着光正往杯子里倒什么东西。

“等等！你在做什么？”密契克边喊边向他跑过去，眼睛因恐惧瞪得很大，“等等！我都听见了！”

斯塔欣斯基吓了一跳，双手颤抖得更厉害，他猛地转过头，朝密契克走去，额头上的青筋胀得可怕。

“滚出去！”他极力压低声音，恶狠狠地说，“不然我宰了你！”

密契克叫了一声，撒腿就往外跑，根本不知道自己在做什么。斯塔欣斯基立刻让自己恢复镇定，转身走向弗罗洛夫。

① 用作镇静药的溴化物的总称。

“这……这是什么？”弗罗洛夫惊恐地用眼角瞥了一眼杯子。

“你的溴剂，喝吧！”斯塔欣斯基用命令的口吻严肃地说。

他们的眼神交织在一起，心境平稳下来，彼此心领神会。“结束了。”弗罗洛夫心想，不知什么原因，他既没有惊讶也没有恐惧，甚至不感到害怕难过。一切都变得如此简单容易。他觉得很奇怪，既然活着只能给他带来更多的痛苦，而死亡是唯一可以让他解脱的方法，他为什么还要恐惧死亡，固执地抓着生命不放，期望遭受更多的痛苦呢？他有些犹豫地环顾四周，好像在寻找什么东西，最后目光落在还没来得及吃的午餐上，它正放在旁边的板凳上。一份牛奶果冻，已经凉了，还有几只苍蝇在上面飞来飞去，这是他受伤之后眼睛里第一次流露出富有人情味的神情，是同情自己，抑或是同情斯塔欣斯基。他垂下了眼皮，再抬起时，脸上显出平静顺从的神情。

“以后要是你去苏昌，”他慢慢地说，“告诉他们不要太难过。谁都会这样……是的，都会这样……”他又重复了一遍，似乎还无法坚信死亡是任何人都无法避免的，而这一事实使得他的死亡失去了特殊、孤独、可怕的意味，而是让所有人觉得很平常很普通。他想了一下，接着说，“在那儿我有一个儿子……在矿上……叫费嘉。等一切都结束以后，希望你们能记得他……在生活上照顾照顾他。好了，给我吧。”他突然停下了，声音很虚弱，有些发抖。

斯塔欣斯基苍白的嘴唇哆哆嗦嗦，浑身颤抖，一只眼睛拼命地眨个不停。他把杯子递过去，弗罗洛夫双手捧杯，一饮而尽。

密契克在树林里毫无目的地乱跑，被地上的枯枝绊倒了好几次。他的帽子跑掉了，头发盖在眼睛上，像蜘蛛网一样黏糊糊的令人讨厌。鲜血冲击着太阳穴，每跳动一下他就重复一句毫无意义的话，因为没有其他可以抓得住的东西。正在这时，他和瓦莉娅撞在一起。他不由自主地往后退了两步，眼睛瞪得很大，像要喷出火一样。

“我正找你呢。”她显得很高兴，但是他精神恍惚的样子吓得她没敢继续往下说。

他紧紧抓着她的手，语无伦次地说："听我说，他们把他毒死了……弗罗洛夫……知道吗，他们已经……"

"什么？毒死了？别说了！"她突然明白了，大声喊起来，把他死死地抱在怀里，紧张得有些出汗发烫的手掌捂着他的嘴，"冷静点！别说话！我们离开这儿。"

"去哪儿？放开我！"他把她推到一边，挣脱了她的怀抱，牙齿"咯咯"地响。

她抓住他的袖子，拽着不放，顽固地重复着："别再说了！我们走。他们会发现我们的，有个家伙缠着我不放……快走！"

密契克又一次甩开她，差点儿打了她。

"你去哪儿？等等！"她边喊边跟在后面跑。

这时，"金翅雀"从灌木丛里窜出来，她猛地闪到一边，跳过小溪，跑进桤木林里。

"怎么了？她不干吗？呵，也许我更幸运一点！"他"啪"的一声拍了一下自己的大腿，朝瓦莉娅跑的方向追去。

第十二章

路途

莫罗兹卡从小就已经见惯了密契克这种人，他们会用一些冠冕堂皇的话掩饰简单的微不足道的想法，以此把自己同莫罗兹卡这样不懂得装饰情感的人区分开。莫罗兹卡没有意识到事情就是这样的，也没能用自己的话清楚地表达出来，但是他一直觉得，在他们这两种人之间矗立着一堵无法逾越的墙，这堵墙是他们这些人用不知从哪弄的材料建成的，充斥着花言巧语和虚伪行为。

所以，在与莫罗兹卡那次难忘的冲突中，密契克竭力表明，之所以对莫罗兹卡让步，完全是出于感激他的救命之恩。他为了一个根本不值得如此对待的人压制着自己不光彩的感情，一想到这儿，他就会感到忍让的烦恼。然而，在心里，他对自己和莫罗兹卡充满了怨恨，实际上，他巴不得莫罗兹卡时时处处走霉运，但是自己又胆小懦弱不敢伤害他，而且，感受这种容忍的烦恼让他觉得更愉悦、更体面。

莫罗兹卡以为，瓦莉娅看上密契克正是因为他会伪装，而这却是他所缺少的，她不仅认为这是外表美，还把它看作是真正的心灵美。所以，莫罗兹卡再次看到瓦莉娅时，不自觉地陷入以前的恶毒想法里——关于她，自己，以及密契克。

他发现瓦莉娅早已不知去向，“肯定是和密契克在一起”，他这样想，虽然他试图安慰自己这事和他没什么关系，但仍久久无法入睡。听到一点儿声响，他都会小心地抬起头向黑暗里张望，好像一直期望可以看到那两个人从树林里偷偷摸摸地溜出来。

后来，附近一阵骚乱把他惊醒，火堆里潮湿的树枝吱吱作响，空地上一群巨大的黑影不停晃动。从窗户望去，木屋时明时暗，是有人在划火柴。这时，卡切克从屋里走出来，在黑暗中同什么人说了几句话，接着走到火堆那边，像是在找人。

“你要找谁？”莫罗兹卡问道，声音沙哑，没听清对方的回答，就又问了一遍，“说什么？”

“弗罗洛夫死了。”卡切克低声说。

莫罗兹卡裹了裹大衣，又倒头睡了。

破晓时分，他们埋葬了弗罗洛夫，莫罗兹卡和大伙儿一起，神情漠然地在坟上撒了些土。

套马鞍的时候，大伙儿发现皮卡不见了。他那匹长着鹰钩鼻的小马没精打采地站在树下，马鞍整晚都没卸，看起来很可怜。“这老家伙溜了，看来是受不了了。”莫罗兹卡心想。

“好了，不用找了。”莱奋生皱着眉头说道，从早上开始发作的肋疼就一直折磨着他，“别忘了那匹马……不要让它驮东西。军需官呢？都准备妥当了吗？上马！”他深深地叹了口气，眉头又皱了起来，上马的时候身体显得格外笨重，仿佛身上扛着又大又重的东西，让自己也变得笨重起来。

没人再想起皮卡，只有密契克感到怅然若失。虽然最近老人只是勾起他阴郁的回忆，让人厌烦，但他仍然觉得似乎自己的一部分和皮卡一起消失了。

部队一直沿着陡峭的山脊走，山上的青草已经被山羊啃光了，冰冷的蓝灰色苍穹笼罩着大地，下面是隐约可见的深蓝色山谷，路上的石头被马蹄踢来踢去，滚到山谷里。

后来他们进入泰加森林，四周环抱着金色的树叶和枯草，沉浸在秋天充满期待的静谧里。一头长着灰须的西伯利亚牧鹿躲在黄色斑驳的树影里脱毛，清凉的泉水在歌唱，晶莹透明的露珠一直挂在枝头，在树叶的映衬下显出黄色。树林里的野生动物从早叫个不停，声音令人烦躁不安，又带着一种无法忍受的热情，似乎有一头长生不老的怪兽在这金黄萧瑟的树林里大口呼吸。

传令兵叶菲姆卡是最先怀疑莫罗兹卡和瓦莉娅之间出现问题的人。午休前，他给库波拉克送来一个命令，“夹紧自己的尾巴，这样就没人能把它咬断。”

叶菲姆卡费了很大的劲儿才来到队伍的尾部，裤子被多刺的灌木划破了，还跟库波拉克吵了一架，排长奉劝他别去操心别人的事。叶菲姆卡在路上注意到莫罗兹卡和瓦莉娅彼此隔了很远，这时他想起来，昨天一整天都没见到两个人在一起。

在回去的路上，他骑马和莫罗兹卡走在一起，问道：“我发现你故意躲着你老婆，吵架了？”

莫罗兹卡恼羞成怒地看了看那张干黄的脸，说：“吵什么架？没吵架。我把她甩了。”

“把她甩了！”叶菲姆卡沉默了片刻，神情忧郁地看着旁边，仿佛在考虑既然莫罗兹卡和瓦莉娅之间以前就没有真正的家庭关系，那么现在这样表达是不是合适。

“事情总是这样。”他最后说，“我的意思是，这是运气问题。驾！驾！我的小马！”他挥动鞭子，重重地抽在马身上。莫罗兹卡注视着他那件毛料衬衫，看见他向莱奋生报告完，又跟他并排往前骑。

“唉，这日子真是糟糕透顶！”莫罗兹卡陷入极度的绝望中。他觉得很难过，像被什么东西束缚着一样，不能和其他人那样，自由自在地在队伍里来来去去，不能和别人聊天。

“他们真幸运，想去哪儿就去哪儿，”他羡慕地想，“他们有什么好担心的吗？拿莱奋生来说，大人物，谁都尊敬他，想做什么就做什么，那才叫生活！”

莫罗兹卡不知道莱奋生正忍受着剧烈的肋疼，不知道他要为弗罗洛夫的死负责，不知道别人正悬赏他的脑袋，不知道他可能会因此丧命。莫罗兹卡现在只知道，世界上到处都有强壮、冷静、知足的人，而他自己却没有那么幸运。

所有烦人的念头第一次在他脑海中出现是在七月的一天，那天天气很热，他从医院回来，路上那些留着卷发的割麦人对他的骑姿钦佩不已，而他和密契克争吵之后骑马奔驰在杳无人烟的田野里，看见那只孤单的乌鸦栖息在歪倒的麦垛上时，那些想法已经完全占据了他的心灵。现在，它们突然变得比之前任何时候都生动清晰，让他异常痛苦。莫罗兹卡觉得，过去的生活中，他遭到百般愚弄，现在也一样，周围除了虚伪和欺骗什么也没有。他坚定地认为，从还在襁褓之中开始的全部生活，包括所有毫无意义的艰苦劳作、醉酒狂欢，所有的流血流汗，甚至所有"逍遥自在"的恶作剧，都没有带给他真正的欢乐，只不过是一个苦役凄惨的劳作，以前没人在意，以后也不会有人在意。

他几乎怀着老年人般的怨恨，疲倦、忧郁、烦躁地想到，自己已经二十七岁了，逝去的岁月不会再重来一次，也不可能让他再以不同的方式重新生活一次，而未来的生活也没有什么希望可言，也许不久的将来，一颗子弹就结束了一切，他会像弗罗洛夫一样没人惋惜没人哭泣地死去。他觉得，自己一直都在竭尽全力跟随像莱奋生、巴克拉诺夫、杜鲍夫这样的人（甚至叶菲姆卡好像现在也走在这条路上）走在一条笔直、清晰、正义的道路上，但是总有人试图野蛮地把他推开。他从没想到，挡在道路上阻挠他的敌人就是他自己。他认为，自己正在为像密契克这种人的卑劣行径而遭受痛苦，这种想法让他觉得既欣慰又伤心。

吃过饭，他在河边饮马，这时，那个曾经偷过他铁缸子的卷发小伙子，神神秘秘地走到他跟前。

"有件事要跟你说说……一定要跟你说说。"他开始像机关枪一样喋喋不休，"她有事瞒着，我是说瓦莉娅——是的，就是瓦莉娅……我的鼻子对这种事情很灵敏，兄弟！"

"什么？什么事情？"莫罗兹卡抬起头，粗鲁地问。

"女人的事，我对女人很了解！"那家伙解释说，显得有些吃惊，"虽然还不那么严重，不严重，但是他们一定瞒着我什么，不是我，兄弟。她的眼睛就没离开过他……一直盯着他看，她一直……"

“那么他呢？”莫罗兹卡意识到他指的是密契克，脸涨得通红，忘了自己本该假装什么都不知道。

“他？噢，他没有什么。”那家伙装模作样、小心翼翼地说，好像刚刚说的这些是完全无足轻重的，只不过是用来补偿以前的过错，赢得莫罗兹卡的宽恕罢了。

“让他们见鬼去吧！我才不在乎！”莫罗兹卡厉声咒骂道，“你大概也跟她睡过吧，我就知道！”他强压住内心的伤痛，轻蔑地补充说。

“喂，该死！干吗，我这是——”

“滚你娘的！”莫罗兹卡突然暴跳如雷，大叫起来，“让你的鼻子见鬼去吧！滚开，滚！”他说着，朝那家伙的屁股上狠狠地踢了一脚。

米什卡被这一突然的举动吓了一跳，慌忙跳到一边，两条后腿跌进河里，它竖起耳朵一动不动地站着。

“啊，你这个狗娘……”小伙子既震惊又愤怒，憋着气嘟囔了一声，没等把话说完，就朝莫罗兹卡扑过来。

他们像两只獾一样扭打在一起，米什卡猛地转过身，跑开了。

“我要让你知道你的鼻子有什么用，你——”莫罗兹卡大声吼着，挥动拳头猛击他的腰部，那家伙死命地拽着他，根本没办法完全施展开手脚，这让他更加恼火。

“看看他们在干什么！”从他们上面传来一个惊讶的声音，“嗨，你们在干什么？”

一双结实的大手镇静地伸到两人中间，一手抓着一个人的衣领，强行把他们分开。但他们没搞清楚怎么回事，还要往对方身上扑，这时每人挨了结结实实的一拳，结果莫罗兹卡飞了出去，脊背撞到了树上，另一个被地上的树枝绊得踉踉跄跄，拼命挥动着胳膊想保持平衡，最后还是一屁股坐到了水里。

“把手伸过来，我拉你上来，”冈察仁科很严肃地说，“你们真会搞名堂。”

“他怎么敢……这样的坏蛋应该……宰了他……”莫罗兹卡叫

嚷着，还想过去揍他。那家伙全身湿漉漉的，像个白痴一样站在那里，一只手拉着冈察仁科，另外一只不停地捶打胸口，脑袋一个劲儿地摇晃，眼泪汪汪地冲着冈察仁科喊："不行，你评评理，你评评理……他对谁都可以这样吗？要是他想……谁的屁股都能踢吗？谁的都能吗？……"看到人越围越多，他又开始尖声叫嚷，"是别人的错吗，要不是他老婆……他老婆……"

冈察仁科担心事情闹大，而且要是传到莱奋生那里还不知道会怎么处罚莫罗兹卡，他赶紧撇开那个尖声叫喊的家伙，拽着莫罗兹卡的胳膊就走。

莫罗兹卡想甩开他，"赶快走！"他厉声说道，"你是不是非要等着他们把你赶走啊，你这个杂种！"

莫罗兹卡终于意识到，这个严肃强壮的家伙其实是想帮他，这才不再反抗了。

"发生什么事了？"麦杰里查排里那个蓝眼睛的德国人朝他们跑过来，问道。

"他们逮了一只熊。"冈察仁科面不改色地说。

"逮到一只熊？"那个德国人的眼珠像要瞪出来一样，他一动不动地站了一会儿，突然撒腿就跑，似乎是为了赶去捕杀那只熊。

莫罗兹卡第一次那么好奇地打量着冈察仁科，笑了起来。

"你这个结实的家伙！"他说，心里涌出一股莫名的满足感。

"为什么跟他打架？"爆破手问。

"还能怎么样……这样的坏蛋……"莫罗兹卡又激动起来。

"他应该被……"

"哈，行了。"冈察仁科用安慰的语气打断他，"就是说，他就该挨揍了？算了！"

"集合！"巴克拉诺夫不知在什么地方喊道，声音清脆，像是突然从大男人的嗓音变成了小男孩的嗓音。

就在这时，米什卡毛茸茸的脑袋从灌木丛里探了出来，睁着一双棕绿色的眼睛洞察一切般地看着他们，轻声叫起来。

"嗨，伙计！"莫罗兹卡激动地喊道。

“真是一匹好马。”

“为了它连命都可以不要！”莫罗兹卡温柔地拍了拍马脖子，说道。

“别动不动就把命丢掉——你需要它。”冈察仁科翘着黑色的卷胡子轻轻笑了一下，“我还要去饮马，回头见。”他迈着强健有力的大步，朝自己的马走去。

莫罗兹卡带着好奇的眼光目送着他，心想，以前怎么没注意到这么出色的人呢。

后来排队的时候，莫罗兹卡不知什么原因，不自觉地和冈察仁科站在一起，去黄泥河子的路上一直都没分开过。

瓦莉娅、斯塔欣斯基和卡切克附属于库波拉克排，走在队伍的最后面。在山脊的拐弯处，可以看到整个队伍像一条长链一样蜿蜒盘旋。走在最前面的是骑在马背上身体微微前倾的莱奋生，紧跟着的是巴克拉诺夫，他无意识地模仿着莱奋生的姿势。

一路上，瓦莉娅总感到密契克就在她后面。她还在为昨天的事生气，甚至都忘了之前对他的满腔情意。

从密契克离开医院的那天起，她无时无刻不在思念他，似乎活着就是为了他们的再次重逢，她内心最私密的梦境都和重逢有关。虽然她从没向谁提起过，但却那么生动、世俗且无比真实。她在心里描绘了一幅画面：在树林边，他穿着鲨革上衣出现在她的面前，潇洒得体，优雅白皙，只是略显羞涩。她感觉着他的呼吸，抚摸着他柔软的卷发，倾听着他温柔的情语。她极力忘掉两人之间的不愉快，不知为什么，一直觉得两人再也不会分开。总之，在她的想象中，两人以后的关系决不会像以前一样，而会像自己所期望的那样美好。她一直不愿去想那些实际上可能会发生的让人伤心的事情。

自从上次遇到密契克，她怀着一种关心体谅的心情去理解他，也许他是因为太烦躁太激动而无法在她面前控制自己，当时他所感受的痛苦要比她自己所受到的伤害重要得多。但正是因为这次碰面让她见到了一个完全不同的密契克，他的粗暴无礼让她始料不及、惊诧不已，同时也深深地伤害了她。

瓦莉娅第一次觉得，这种粗鲁不是偶然的，也许密契克根本不是她日思夜想的那个人，但是也没有其他人。

她没有勇气立刻接受这一事实。对她来说，抛弃朝思暮想的一切——那些痛苦那些欢乐——重新感受那无法填补的空虚心灵，是多么不容易的一件事。所以，她不得不强迫自己去相信，没有什么意外发生，所有的一切都是因为弗罗洛夫不幸去世，一切都会在不久的将来恢复正常。但是从早上开始，她还是忍不住去想密契克如何伤害了自己，当她心怀爱情和梦想走向他的时候，他没有权利那么做。

整整一天，她因为渴望见到密契克、想同他谈谈而备受折磨，但她没有立刻回头，甚至吃饭的时候也没有去找他。“我干吗要像个小姑娘一样围着他转？”她心想，“如果他真爱我，就像他说的那样，那我就等他先来找我，我一点儿都不会责备他。不来的话……也没什么，那我就一个人好了。”

走到主要山脉时，道路变得越来越宽阔，“金翅雀”不知何时溜到了瓦莉娅旁边。昨天他没有追上她，但是在这件事情上他总是表现得锲而不舍，不会轻易灰心。她觉察到他在故意用膝盖碰她，还不停地在她耳边说着猥亵的话，但她正想着心事，根本没听他说话。

“好吧，女士（无论对方的年龄、身份以及和他的关系如何，他总是称呼对方“女士”），你怎么想？”“金翅雀”坚持不懈地说，“你同意吗？”

“我什么都明白，我要求过他什么吗？”瓦莉娅心想，“难道对我好一点儿就那么难吗？不过，也许他现在一想到我在生他的气，也很痛苦。要是我去找他谈谈会怎么样呢？不可能的！是他把我赶走的！不行，不行，随便好了！”

“我亲爱的女士，你听不见吗，还是怎么回事？我在问你，你到底同意不同意？”

“同意什么？”瓦莉娅回过神来，“喂，你从哪儿来的就滚哪儿去。”

“哟，真让人尴尬！”“金翅雀”恼怒地耸了耸肩，“别装了，我亲爱的女士，装得好像是第一次，跟个小姑娘一样。”他又凑到她耳边小声说话，自以为是地认为她听到了也明白了，只不过像其他女人一样装装样子抬高自己而已。

夜幕降临，沟壑里暗了很多，马匹疲倦地打着响鼻。泉水上的雾气越来越浓，逐渐在山谷中弥漫开来。密契克还是没有靠近瓦莉娅，而且很明显他甚至没有打算这样做。她越是深信他不会走过来，心中的失落感以及因幻想破灭造成的苦涩就越强烈，而抛弃这些幻想反而越来越困难。

队伍走到下面的山沟里过夜，人和马匹拥挤在阴冷的、令人不安的黑暗中。

“那么你别忘了，亲爱的女士，”“金翅雀”带着一种厚颜无耻的坚持催促说，“对了，我会在旁边生一小堆火，记住了。”过了一小会儿，只听他冲着一个人喊道，“什么‘往哪走’？你在这儿干吗，挡什么路啊？”

“挤什么？这又不是你们排！”

“什么意思，不是我的排？睁开你的眼睛好好看看！”

沉默了一下，显然这期间两人都“睁开了眼睛”，那个质问“金翅雀”的家伙不好意思地说：“该死，我怎么跑到库波拉克的队伍里了？麦杰里查在哪儿呢？”他似乎觉得声音里的歉意已经弥补了自己的过失，就又开始扯着嗓子喊：“麦——杰——里——查！”

下面有人怒气冲冲地吼起来，仿佛他的要求得不到满足，就要自杀或是开始谋杀身边的人：“点火，我告诉你！”

突然，一堆篝火在沟壑底部无声无息地窜了出来，火光映照在毛茸茸的马头上，映照在大伙儿一张张疲惫不堪的脸上，映照出步枪和子弹带上冰冷的寒气。

斯塔欣斯基、瓦莉娅和卡切克骑到一边，从马上下来。

“太好了，现在我们可以休息一下了，生堆火吧。”卡切克装出一副兴高采烈的样子说，但是其他人没有任何反应，“我们去找点柴火吧。总是这样子，我们从来没在一个合适的时间停下来过，真是遭罪呀。”他用同样无法令人信服的语气说道，双手不停地在湿草上摸索。潮湿、黑暗、怕蛇咬的恐惧以及斯塔欣斯基阴郁的沉默不语，所有这些让他痛苦不已，“我还记得，离开苏昌的时候，情况也是这样：我们本来早该停下准备过夜的，漆黑一片，但是我们……”

“他干吗要说这些？”瓦莉娅心里想，“苏昌……他们离开的时候……漆黑一片……现在谁还想听这些？现在都已经结束了，不会再发生了。”她饿了，这更增加了她那难以名状的深切而且无法填补的空虚感，她几乎克制不住自己想哭出来。

然而，吃完饭，身上暖和一点儿后，他们三人兴致高涨起来，四周灰蓝色的世界原本如此陌生冷清，似乎也变得亲切起来，显得更加温暖舒适。

“这是我的大衣，我了不起的旧大衣！”卡切克打开包袱，用那种饭后极度满足的声音说，“火烧不了，水淹不着，要是再有个娘们一起睡就更美喽。”他眨了眨眼，笑起来。

“我干吗要那样对他呢？”瓦莉娅想，在这喜气洋洋的篝火面前，喝上一碗粥，听着卡切克瞎扯，她觉得自己善良友好的本性又回来了，“其实也没发生什么大不了的事情，为什么要心烦呢？只要我走到他面前，一切又会和以前一样。”

突然间她觉得，周围的人都那么满足、那么无忧无虑，自己完全可以和他们一样高高兴兴，不应该心怀不满和委屈，弄得自己痛苦不已。这时，她下定决心要抛开所有顾虑去找密契克。现在，她已经不认为这样做会是多么丢脸的事。

“我什么都不要，”她想，情绪立刻高涨起来，“只要他要我、爱我，只要他待在我身边。是的，我可以献出一切，只要他一直在我旁边，陪我聊天、睡觉……他是那么年轻、英俊……”

密契克和“金翅雀”没和大伙儿待在一起，单独生了一堆火。他们懒得煮饭，只是烤了些肥的腌猪肉。结果只知道吃腌肉，几乎把面包忘得一干二净，吃完以后还是很饿。

密契克还没有完全从弗罗洛夫的死亡和皮卡的不辞而别中恢复过来，一整天都好像在迷雾中徘徊，而迷雾中充斥着关于孤独和死亡的烦人想法。到了晚上，这雾蒙蒙的薄纱消失了，但是他不想见到任何人，所有人都让他感到恐惧。

瓦莉娅好不容易才找到他们的篝火。篝火照亮了整个山谷，人们一边吸烟一边唱歌。

“哈，你们藏在这里呀。”她从灌木丛里走出来，心怦怦乱跳。

密契克吓了一跳，他带着吃惊的神情冷漠地看了她一眼，又转过脸看着篝火。

“嗨！”“金翅雀”龇着牙，高兴地笑着说，“就缺你了。请坐，亲爱的女士，请坐！”

“金翅雀”兴奋地摊开大衣，邀请她坐在旁边。她没过去，从第一眼见到他，她就本能地觉察到他的下流本质，尽管她不能确切地表达那到底是什么，但仍感到厌恶至极。

“我来看看你怎么样了，你早就把我们都忘了吧。”她对着密契克说，声音优美动听，显得很激动。而且毫不掩饰自己是专程来找密契克的，“卡切克常常说起你，打听你现在身体怎么样……他说，那个小伙子伤得很严重，但是好像已经痊愈了。更不用说我……”

密契克耸了耸肩，什么也没说。

“告诉他们我们身体很棒——一点儿也没问题。”“金翅雀”大声说，迫不及待地要把对话扯到自己身上，“过来，女士，坐这里，不要不好意思！”

“没事，我一会儿就走。”她说，“我只是路过，过来看看。”她专门来见密契克，可是他只是耸了耸肩什么也没说，感觉很委屈。她又说：“我看你们什么也没吃，缸子那么干净。”

“哪有什么吃的啊！要是分点能吃的东西就好了，你看他们都发了些什么！”“金翅雀”挑剔地皱着眉头说，“过来呀，坐我旁边！”他极度热情地又催了一遍，抓着她的手往身边拉，“请坐，女士，坐吧！”

她坐在他旁边的大衣上。

“还记得你答应的事吗？”“金翅雀”有所指地眨了眨眼。

“答应什么？”她吃惊地问，好像忽然有些明白了，“我不应该过来的。”她突然想，心里像是有块大石头压得她喘不过气。

“什么意思？答应什么？啊，我明白了，一会儿告诉你啊。”“金翅雀”向密契克猛地弯下腰，“虽然朋友之间不该有秘密，”他一只手搭在密契克肩膀上说道，接着转过脸看着瓦莉娅，“不过……”

“秘密？接着说！”她强作欢颜，不停地眨眼睛，下意识地用麻木的手指颤抖着理了理头发。

“该死，你怎么还跟个木头似的坐在这儿？”“金翅雀”急忙凑到密契克耳边小声说，“我们已经安排好了，你……”

密契克甩开“金翅雀”，朝瓦莉娅看了一眼，脸涨得通红。“好了，这回你满意了吧？你看现在成什么样了？”她泪眼蒙眬充满怨恨的样子好像是在质问他。

“不，不，我走了……不，不……”一看到“金翅雀”转过脸来，她就开始喃喃地说话，好像他已经在劝她做什么下流丢脸的事情，“不，不，我走了。”她慌忙站起身，低着头飞快地走开了，不久就消失在夜色之中。

“你又坏了我们的好事，你这个笨蛋！”“金翅雀”用鄙夷愤恨的口气冲密契克说。突然，他跳起来，仿佛有一种力量在推动着他，跳着向瓦莉娅走的方向追去。

他一追上她，就用一只胳膊死死地抱住她，往灌木丛里拖，还不住地说：“来啊，亲爱的女士，来啊，小姑娘。”

“放开我，让我走，我要喊人了。”她浑身无力，一个劲儿地求他，差点儿哭出来，但是又觉得连喊的力气也没有了，现在也没有喊的必要了：为什么要喊呢？为谁喊呢？

“来吧，亲爱的女士，喊什么呢？”“金翅雀”接着说，一只手捂在她的嘴上，反而因为自己的柔情而变得愈加亢奋。

“是啊，喊什么呢？现在喊了又怎么样？”她心想，心灰意冷，“但是他是‘金翅雀’啊。‘金翅雀’，为什么是他啊？唉，又有什么区别吗？”

她真的变得对任何事都感到无所谓了。

第十三章

包袱

“……我不喜欢他们，那些农民，我只是受不了他们。”莫罗兹卡说，他骑在马鞍上平稳地摇晃着，每次米什卡抬起右前腿，莫罗兹卡就用皮鞭抽打一次路边白桦树瑟瑟颤抖的鲜黄色树叶，“我记得以前经常去看爷爷，还有两个叔叔也在那儿……也是种地的。不，我受不了他们。他们不像我们——身体里流的血都是不一样的，他们吝啬、奸诈。就是这样！”漏掉了一棵白桦树，为了跟上节拍就用皮鞭敲了自己的靴子一下，“那么吝啬、那么奸诈，有什么好处吗？”他抬起头问道，“他们根本没有什么值钱的东西！和乞丐没什么两样！”他笑起来，像个天真而富有同情心的局外人那样，为农民们的财产损失而感到难过。

冈察仁科认真听着，眼睛注视着两只马耳朵的中间，眼神坚定、充满智慧，是那种知道如何做一个好的倾听者、如何对所听到的事情做出恰当反应的人所特有的表情。

“不过我觉得，要是你仔细观察我们自己的话，”他出人意料地说，“我们中的任何一个人，”他说“我们”时意味深长地看了莫罗兹卡一眼，“我，比如说，或者是你、杜鲍夫，你会发现每个人都是农民。是的，一定会发现，”他语气坚定地重复了一遍，“拥有农民的一切精神气魄，除了没有树皮鞋。”

“你们在聊什么？”杜鲍夫转过脸问。

“不过可能也有树皮鞋……我们在说农民，我觉得我们每个人身都有农民的影子。”

“是这样吗？”杜鲍夫有些怀疑地问道。

“还会怎样？像莫罗兹卡，就有个爷爷在农村，还有两个叔叔，你——”

“伙计，我可没什么人。”杜鲍夫插话说，“感谢上帝我没有！我承认我不喜欢那些人。就说库波拉克吧，那个人——好吧，不能奢望谁都有脑子——但是看看他排里招的那些人！”杜鲍夫轻蔑地吐了口唾沫。

谈话时已经是行军的第五天了，部队正往黄泥河子的源头走去。他们走在一条长满枯草的路上，踏上去软绵绵的，一股冬天的气息扑面而来。虽然助理军需官从医院带出来的粮食已经吃光了，大伙儿却还是显得情绪高涨，因为他们相信可以休息和住宿的地方已经不远了。

“你听他说什么了吗？”莫罗兹卡眨了眨眼睛问，“杜鲍夫什么都知道的，是吧，老头儿？”说完就笑起来，排长同意他的观点而不是冈察仁科的，这让他又惊又喜。

“不该这样说我们的人民。”爆破手接着说，并没有一点儿不悦的神情，“好吧，你没有亲戚在农村，但是这不是关键。现在那里我也没什么亲戚，但是拿我们矿上的人来说，你从俄罗斯来的，这没错，但是莫罗兹卡呢，比方说，他除了矿山几乎什么都没见过。”

“你什么意思——什么也没见过？”莫罗兹卡恼火地问，“在前线我——”

“别打岔！”杜鲍夫摆了摆手打断他的话，“让他把话说完。”

“你待的那个矿就是一个村庄。”冈察仁科平静地说，“首先，每家都有自己的菜园。一半的人都是冬天在矿上工作，夏天又回到乡下。还有，就连牧鹿的叫声都和猪圈的猪叫声一样。我去过你们矿山，我知道。”

“乡下，你是说？”杜鲍夫吃惊地说，他没有跟上冈察仁科的思维。

“还会是什么？你们的老婆在菜园里大呼小叫，周围的人都是农民。难道你认为没什么影响吗？肯定会有的！”爆破手习惯性地做了个手掌在空中砍下去的动作。

“有影响，当然。”杜鲍夫有些不确定地说，一面还在考虑这样说有没有让矿工丢脸的地方。

“好了，就是这样。现在来说城镇。我们的城镇大吗？多吗？有几千俄里吧，一路上除了农村什么也没有，有影响吗？”

“等等！”排长有些迷惑地说，“你说几千俄里？只有农村？是的，你说得对，确实有影响，那又怎么样？”

“好，这就归结到一点上了——每个人身上都有一点农民的脾性。”冈察仁科说，又回到了刚才的观点，这样正好驳倒了杜鲍夫。

“真是简单明了！”莫罗兹卡钦佩地说，从杜鲍夫插话开始，这场讨论让他感兴趣的是辩论者的聪明才智，“他打败你了，老头儿，你没有还手之力了。”

“所有这一切说明，”冈察仁科没给杜鲍夫任何喘息的机会，解释道，“我们，还有你，莫罗兹卡，不应该在农民面前装腔作势，要是没有他们，我们……”他摇了摇头，没再说下去。很明显，杜鲍夫后来说的话根本没能让他改变看法。

“聪明的家伙！”莫罗兹卡边想，边偷偷打量冈察仁科，感到心里愈加尊敬他，“他已经把老头驳得体无完肤，无法招架。”莫罗兹卡知道，冈察仁科也和其他人一样并不总是对的，也会犯错误——例如，莫罗兹卡根本不认为自己身上会有农民的脾性，虽然冈察仁科似乎十分确定这一点——但是对冈察仁科，他却怀有比对其他人更多的信任。正如莫罗兹卡认为的那样，冈察仁科是“大伙儿中的一员”，是那种能“理解”的人，而且，他从不会夸夸其谈、虚度光阴。那双强壮有力的大手整天忙忙碌碌，不停地工作，乍看上去似乎有些慢，但事实上却很灵巧，每个动作都井井有条、准确无误。

莫罗兹卡和冈察仁科的关系到了可以真正拥有游击队员友谊的第一步，正如同伴们所说的那样。“他们盖一件大衣睡觉，在一个碗里吃饭”。

莫罗兹卡每天都和冈察仁科待在一起，渐渐地也开始认为自己成了一位认真尽责的游击队员：马养得膘肥体壮，马具修理得结实耐用，步枪擦得锃亮，像镜子一样，每次战斗都很勇敢、可靠，冲在队伍最前面，受到同伴的尊敬和喜爱。他在不知不觉中过上了一种健康的正常的生活，像冈察仁科一样，没有时间和精力去胡思乱想。

“停下！停下！”前面有人喊道，命令顺着整个队伍往后传。前面的人停下了，但是走在队尾的人还在往前走，队伍一下乱了起来。“叫麦杰里查！”又一个命令传过来，过了一小会儿，只见麦杰里查像秃鹫一样疾驰而过，整条队伍的眼睛都情不自禁地自豪地目送着他那矫健的牧人式的骑姿，尽管并不符合任何一个军校的要求。

“我要去看看发生什么事了。”杜鲍夫说。

他没过多久就回来了，看起来非常恼火，但又极力克制自己显露出来。

“麦杰里查出去侦察了，我们今晚在这儿过夜。”他尽力用一种平静的语气说出来，但还是能听出声音里的愤恨和饥饿的怨气。

“怎么回事？又没饭吃？他们到底在那里想什么呢？”大伙儿闹哄哄地嚷起来，“他们觉得这就是休息吗？”

“真该死！”莫罗兹卡也附和着说。

队伍前面的人都已经下了马。

莱奋生决定部队在泰加森林里过夜，是因为不能确定黄泥河子下游的敌人是否已经撤退。但是，他还是希望即使敌人没撤走，也能找到一条通往土陀—瓦卡山谷的道路，那里的马匹和粮食都很充足。

无法忍受的肋痛日益加剧，一路上让他饱受折磨。他心里明白，这种因疲劳和贫血导致的疼痛，必须经过几个星期的休息和健康的饮食才能好转。但是他清楚，以后很长一段时间情况根本不可能得到改变，所以，他一直努力让自己适应这种新情况，不停地在心里暗示自己，这只不过是个身体早已习惯的小毛病，简直不足挂齿，绝不会妨碍他去完成那件被他视为责任的工作。

“我看我们该继续往前走。”这已经是库波拉克第四次说这句话了。他没听莱奋生说话，眼睛固执地盯着皮靴。除了吃之外，其他事情他一点儿都不愿考虑。

“行了，要是你不能等，就走吧。走之前找个人替你，你自己走好了，就是不能让整个队伍跟着你去冒险。”

听莱奋生说话的口气，好像他已经知道库波拉克就打算这样做。

“你最好回去，安排一下岗哨，老兄。”他接着说，故意不理睬排长的话，但是看到库波拉克还要坚持，他突然皱起眉头，厉声问道，“怎么？”

库波拉克抬起头，眨了眨眼睛。

“派一队骑兵沿途侦察，”莱奋生用他一贯的带点嘲弄的语气说，“在队尾半俄里的地方，比如我们经过的那条小溪那儿，安上岗哨。听明白了吗？”

“明白。”库波拉克用低沉的声音回答，还纳闷自己为什么没把真正想的说出来，反而这样说，“真他妈的有本事！”他心里充满了对莱奋生不由自主的怨恨，但同时又夹杂着对他的尊敬和对自己的失望。

莱奋生半夜突然惊醒（他最近经常这样），想起了和库波拉克的谈话，然后点了支烟，去检查岗哨。

他小心翼翼地在火堆中间穿过，尽力避免踩到大伙儿盖的大衣，他们睡得正香。篝火还在燃烧着，只是已经没有火焰。最右边的那堆火烧得最旺，站岗士兵蹲在一旁，手伸到火焰上方烤火。看得出来，他的思绪已经飘到很远的地方，头上的黑色羊皮帽滑到了后脑勺上，眼睛睁得很大，眼神柔和，脸上露出温柔的孩童般的微笑。“看看他，多美好！”看到这蓝色的火堆、微笑的士兵，想起夜晚等待着他的那些潜伏的危险，一种喜悦和担忧交织起来的复杂感情不由涌上心头，不知什么原因他选择了这句话来表达自己的情绪。

莱奋生的脚步更轻更小心了，不是担心被人发现，而是怕把那个士兵脸上的微笑吓跑。他仍然徜徉在自己的思绪里，

对着火光出神地微笑。这熊熊燃烧的篝火、泰加森林里马匹咀嚼湿草发出的“嘎吱嘎吱”的响声，把他带到了儿时在田野里放马的夜晚，月光下结满露珠的牧场，远处村庄传来的鸡鸣声，平静地享用着青草的马群绊得缰绳咯咯作响，火焰在他充满童真的迷惘的眼睛前面晃动。篝火早就熄灭了，但是在士兵的记忆里却越烧越旺，越烧越温暖。

莱奋生一离开部队宿营的地方，就似乎掉进了芳香潮湿的黑暗中，脚底的东西踩上去很有弹性，空气中弥漫着菌类植物和朽木的味道。“太恐怖了！”他心里想着，回头看了一眼。闪烁的光亮消失了，整个营地连同微笑的士兵似乎突然之间躲到地底下了。莱奋生深深地叹了口气，沿着小路继续往前走，脚步不自觉地轻快起来。

他走了不一会儿，就听到溪水平和的低语声。他一动不动地站了几分钟，聆听着夜晚泰加森林的柔和响声，然后，笑了一下，加快脚步继续往前走，故意拖着脚走路，发出响声让人听见。

“谁在那儿？谁在那儿？”黑暗里传出一个哆哆嗦嗦的声音。

莱奋生听出是密契克的声音，没有作声，直接朝他走去。在一片寂静的黑暗里，只听枪栓响了一下，接着是子弹被卡住时发出的刺耳声响。莱奋生几乎看见密契克正紧张慌乱地要把子弹推进枪膛。

“你应该经常擦擦油。”莱奋生毫无表情地说。

“哦，是你！”密契克松了一口气说，“没有……我经常擦油……我也不知道怎么回事……”他不安地看着队长，忘了把枪栓关上就把枪放下了。

密契克站的是半夜开始的第三班岗，从警卫队长返回营地的脚步消失在草地上开始到现在才过了不到半小时，但是对密契克来说似乎已经站了很久。在这空旷偏僻的世界里，一切活动都是缓慢的、鬼鬼祟祟的，一切事物都过着陌生、警觉、凶残的生活，而他孤单一人，只有思想与之相伴。

在这期间，只有一个念头萦绕在他的脑海中。他不知道什么时候在什么地方产生了这个念头，但是无论他想其他什么事情，总会回到这上面。他明白这件事永远不能告诉别人，也很清楚，这个想法是不对的、可耻的，但是同时也意识到自己不但没办法摆脱掉这个念头，还会竭尽全力实现它，这是他最后的也是唯一的希望。

他的计划是：千方百计尽可能快地离开部队。

他以前觉得，早先在城里的生活是枯燥乏味的，毫无乐趣可言，但是现在又想回到那种生活，他觉得那种无忧无虑的生活才是唯一适合他的。

认出莱奋生时密契克感到惶恐不安，并不全是因为步枪出问题，而是因为正想着这件事时冷不防被吓了一跳。

“真是一位优秀的战士！”莱奋生和蔼地说，他仍想着那个微笑的士兵，不愿发脾气，“一个人站在这儿害不害怕？”

“没有……怕什么？”密契克迷惑地说，“我已经习惯了。”

“我还一直没习惯，”莱奋生笑着说，“很多次我自己走路或是骑马的时候，不管白天还是晚上，还是很害怕。好了，有什么状况吗？”

“不，没有。”密契克吃惊又有些胆怯地望着他说。

“那就好，过不了多久你就会发现情况有所改善。”莱奋生说道，好像不是在评论密契克的话，而是在谈论他的隐含意思，“要是我们能到达土陀—瓦卡就好了，那边的情况会好得多。你吸烟吗？不吸？”

“不吸，只是偶尔吸一下。”密契克想起瓦莉娅送的烟袋，立刻补充说，尽管他知道莱奋生不可能发现它的存在。

“难道你就不想来一支吗？卡农尼科夫，我们队伍里一个非常优秀的游击队员，他离了烟根本没法过日子。不知道他能不能安全地进城。”

“他去那里干吗？”密契克问，一个模糊的念头在脑海中闪现，他的心怦怦地跳个不停。

“我让他去传递消息，现在十分危险。他把我们的情况报上去。”

“你可以再派个人去啊。”密契克的声音有些不自然，但又想让自己的话听起来很正常，“你没考虑再派个人吗？”

“为什么？”莱奋生顿时警觉起来。

“噢，我只是问问。如果你……我可以去，我很熟悉那边的情况。”

密契克担心自己有点太心急，会让莱奋生觉察出来。

“不，我没想过。”莱奋生边思考边慢吞吞地说，“那里有亲戚？”

“没有，我之前在那里工作过。不过，我也确实有亲戚在那里，但不是因为这个。不，你可以相信我。我在那儿工作的时候，经常送些秘密文件。”

“你跟谁一起工作？”

“以前是和一些‘极端派’分子一起工作，但是我当时想这其实没什么关系。”

“‘没什么关系’是什么意思？”

“我是说，你和谁一起工作都一样。”

“那么现在呢？”

“现在我弄不清楚什么是对的什么是错的。”密契克低声说，不知道莱奋生到底想要他说什么。

“哦，哦……”莱奋生拖着长腔说，仿佛密契克说的每句话都是他希望听到的，“不，不，我现在还没想过要派个人过去。”他又补充了一句。

“不……你知道我提出这件事是因为……”密契克突然说，几乎带着一种歇斯底里的坚决，声音也开始发抖，“只是请不要把我想得很坏，也不要觉得我有所隐瞒。我会很坦诚地告诉你。”

“我现在就要把一切都告诉他。”他心想，他很想把自己的心里话和盘托出，但是又不知道这样做是不是明智。

“我提起这件事，还因为我觉得自己是个可怜得一无是处的游击队员，最好把我打发走。不要觉得我是害怕，或者是我在隐瞒什么东西，其实我什么也做不好，什么也不懂，所以我和大家合不来，一个朋友也没有，也不知道该去找谁帮忙。这不是我的错，是吗？我对谁都坦诚相待，但他们对我却很粗鲁，嘲笑我、挖苦我，虽然我也和他们一起参加过战斗，也受了重伤，这你知道的。我谁都不相信。要是我再强壮一点，我知道他们就会听我的，会怕我，因为他们就喜欢这样的人。每个人都在想怎么样填饱肚子，哪怕他们不得不从其他人那里偷，没人考虑其他的事情。我有时候甚至觉得，要是哪天他们落到高尔察克手里，就会毫不犹豫地为他效力，残忍地对待别人。但是，我做不到，我做不到他们那样！……”

密契克觉得，他说出的每一个字都能把面前的雾纱划出一道新的裂痕，然后自由自在地从这些裂痕中穿过，结果裂缝越变越大，他自己感到一种前所未有的放松。他想一直不停地说下去，丝毫不在乎莱奋生的看法。

“看来，你就是这样的人！真糊涂！”莱奋生心想，越来越好奇密契克歇斯底里的背后到底隐藏着什么。

“等一下！”他碰了碰密契克的衣袖，开口说，密契克敏感地察觉到，莱奋生那双又大又黑的眼睛正注视着自己，“你刚刚说了这么多，老弟，但是我没搞明白你到底想说什么，我们先停一下，说点最重要的事情：你说这里的每个人都只想着怎么填饱肚子？”

“不，不是！”密契克叫起来，他确信自己刚刚说的话里最重要的事情根本不是这个，最重要的是他受不了这里的生活，他受不了不公正的对待，他用一种值得称赞的坦率讲了这件事，“我想说的是——”

“不，你先等一下，现在轮到我说会儿了。”莱奋生温和地打断他，“你刚才说这里的人只想着怎么填饱肚子，要是我们落到高尔察克手里——”

“不，我没有说你怎么样……我——”

“这倒没什么。要是他们落到高尔察克的手里，你刚刚说，他们也会残忍地甚至丧失理性地为高尔察克战斗是吗？真是大错特错！”莱奋生开始用他一贯的理论解释为什么他觉得这是不对的。

但是，他越说就越清楚地意识到，自己完全是在浪费时间。密契克偶尔插进来的几句话让他明白，应该从更基础更简单的道理开始讲起。他年轻的时候真正理解这些不是没有费工夫，但是现在却成了自己灵魂的一部分。可是，现在不是谈论这件事的时候，因为每时每刻都需要迅速果断的行动。

“好了，我也没什么好说的了，”他最后说，严肃中夹杂着善意和惋惜，“只能怪你自己了。你什么地方也不能去，那是件很愚蠢的事情——他们会杀了你，就是这样。好好想想，特别是我说的那些话，会对你有好处。”

“我也在考虑这些事。”密契克沮丧地说，刚刚激发他大胆的滔滔不绝的那股精神力量似乎在一瞬间消失殆尽。

“重要的是，不要总是认为同伴们比你差……他们不……”

莱奋生慢慢地掏出烟袋，开始卷烟。

密契克绝望地望着莱奋生，显得无精打采。

“你最好先把枪栓关上。”莱奋生突然说，显然在整个谈话过程中他一直惦记着那个拉开的枪栓，“你现在应该慢慢适应这些事情——这不是在自己家里，你知道。”他划着一根火柴，微弱的火光刹那间映照出他那长着长睫毛的半眯的眼睛、精致的鼻孔、微红的胡子，“噢，对了，你的马怎么样了？还骑着在吗？”

“骑着呢。”

莱奋生想了一下，“好吧，从明天起你骑尼夫卡吧——知道它吗？皮卡以前骑的那匹马，把‘老废物’交给军需官，怎么样？”

“好的。”密契克泄气地说。

“真是个糊涂的家伙！”莱奋生事后想。黑暗中，他小心翼翼地走在草地上，不停地吸烟。这次谈话让他感到有些烦乱。他觉得，密契克就是一个软弱、懒惰、意志薄弱的人。在这个国家出生、生长着这种可怜不幸的人，是多么可悲的事情。“是的，在我们国家的千千万万的人，”他心里想着，脚步更快了，烟也吸得更猛，“生活在肮脏贫穷之中，在懒洋洋的太阳下面，用最原始的木犁耕地，信仰着残忍的毫无道理的上帝，也只能生出这种懒散、意志薄弱、没出息的人。”

莱奋生很激动，因为这些是他内心最隐秘的想法，因为他的生存价值就在于不断克服和战胜贫困与琐碎的小事，因为如果他没有怀着一种强大的比任何愿望都坚定的渴望，希望看到更强壮、更善良、更美丽的人们，也许就没有莱奋生这个人，而是另外一个人了。但是，千千万万的人仍然不得不过着可怜、原始、琐碎的生活，他又怎么能希望看到美好的新人呢?

“难道我以前也和他一样吗？”莱奋生心想，思绪又回到了密契克身上。他努力回忆自己童年和青年时的模样，但却很费力。这些年来，他已经变成了那个大伙儿所熟知的莱奋生，那个总是冲在最前面的莱奋生，这对他来说意义重大，岁月的积层实在是太厚了、太牢固了。

对于过去的岁月，他唯一能清楚记得的就是一张老照片。照片上一个瘦弱的穿着黑色上衣的犹太男孩，睁着一双天真的大眼睛，带着好奇而又稳重的神情盯着照相机的镜头，有人告诉他会有一只可爱的小鸟从那里飞出来。可最后他并没有看到小鸟，他记得自己差点失望地哭出来。但是经过了无数次这样的失望，他最终才明白“生活原本就不是那样的”！

当他真正明白了这些以后，他才懂得，关于这些可爱小鸟的骗人童话——期望它们会从某个地方飞出来，因而害得很多人用尽一生去等待——致使人们遭受了多少难以言状的苦难。他再也不需要他们了，不！他残酷地压制自己内心对于祖先遗留下来的一切所产生的甜蜜和悔恨，因为他的先辈都是在这种可爱小鸟的骗人童话中长大的。看到事物的本质，改变现状，加速应有事物的诞生——这是莱奋生最终得出的一种智慧，一个最简单但却最难懂的道理。

“毕竟我是个坚强的人，比他坚强得多。”他怀着一种无法言说的喜悦和胜利之念，没人能想到、也没人能理解他的这种感觉，“我不仅想到很多事，还能做很多事，是的，这才是最重要的。”

他大步流星地穿过泰加森林，树枝上挂满了冰冷的露珠，拂在脸上，让他感到顿时心旷神怡。他觉得，似乎有一股如惊涛骇浪般神奇的力量，把他推到一个很高的但却不脱离尘世和人类的地方，从这里，他能够控制自己病痛和虚弱的肉体。

莱奋生走到营地，篝火已经完全熄灭了，那个值班的士兵也不再笑了，正在照顾马匹，还不停地小声咒骂着。莱奋生来到自己的火堆旁，篝火还在微弱地燃烧。旁边，巴克拉诺夫裹着大衣正睡得很香。莱奋生往火堆里加了些干草和树枝，用嘴吹了吹想让它烧得更旺一点儿，结果用力太猛，感觉头有点晕。巴克拉诺夫感觉到了暖意，在睡梦中翻了翻身，还咂了咂嘴。他的脸露在外面，嘴唇像小孩一样噘着，帽子压在太阳穴下面，竖了起来。他看起来像一只胖乎乎的吃饱喝足的温顺的小狗。“看他那可爱的样子！”莱奋生心想，和蔼地笑起来。和密契克谈完之后，看着巴克拉诺夫让他觉得心情愉悦。

他干咳了两声，在巴克拉诺夫身边躺下了。他刚闭上眼睛就感到一阵晕眩，甚至感觉不到身体的存在，只是觉得晃晃悠悠，不知道要飘向哪里，然后突然跌进了一个漆黑无底的深渊。

第十四章

麦杰里查的侦察

莱奋生派麦杰里查去侦察的时候，命令他无论如何当天晚上要赶回来，但是排长被派去的那个村庄实际上比莱奋生预想的要远。麦杰里查在下午四点左右离开部队，一路上快马加鞭，上身趴在马脖子上，看起来像只猛禽，薄薄的鼻翼愉快而又兴奋地一张一翕，好像在五天缓慢而又无聊的行军之后这种疯狂的飞奔让他激动不已。但是薄暮时分，他仍然飞驰在秋天的泰加森林里，脚下的青草沙沙作响，夕阳的光芒寒冷而又悲凉。跑出泰加森林时天色已经完全暗下来了。他骑马来到一间摇摇欲坠的老屋旁，屋顶已经坍塌，显然已经多年没人住过。

他把马拴好，抓着老屋已朽掉的木架爬到屋角，差点儿掉进屋顶的黑洞，从洞里散发出一股令人恶心的烂草腐木的味道。他小心翼翼地站在上面，曲着膝盖，聚精会神地观察和聆听着四周的动静。这样站了十分钟左右．背后漆黑的树林吞没了他的身影，衬得他比之前更像一只猛禽。两旁的山脉在他的脚下绵延开来，在冷漠的星空映照下显得格外阴暗沉重，一个幽深的山谷夹在中间，零星点缀着黑乎乎的树林和干草堆。

麦杰里查从屋顶上跳下来，骑上马来到大路上，深草丛中隐约可见一些黑乎乎的车辙，像是许久没有车马经过。修长挺拔的白桦树好似一根根熄灭的蜡烛，泛着微弱的白光，笔直地站在那里。

他策马来到一个山丘上，左边绵亘一片漆黑的山脉，一眼望去恰如一头巨兽的脊背，隐隐传来河水低低的吟唱声。大约两俄里远的地方，在小河岸边有一堆篝火在燃烧，麦杰里查脑海中突然浮现出放牧人的孤独生活。再远些，大路旁边的村子里闪烁着昏黄的灯光。右边的山脉逐渐消失在深蓝的夜色里，也许以前这里是河床，因此地势突然陷得很厉害，岸边有一片昏暗阴沉的树林。

“那边一定是沼泽地。”麦杰里查心想，他觉得有些冷，贴身穿的紧身上衣的领扣已经脱落，衣领敞开着，外面的军用外套也没扣扣子。他决定先到篝火堆那里，他从枪套里拔出手枪，插到外套下面的腰带里，把枪套藏在马鞍后面的袋子里。他没带步枪，这样看上去就像一个刚从地里回来的农民——跟德国打完仗以后，很多人都穿军用外套。

快走到篝火堆那儿的时候，一匹马突然烦躁地嘶叫起来，划破了黑夜的寂静，他的马猛地往前一跃而起，强健的身体不停地抖动，也开始热情而又哀怨地嘶叫起来。这时，一个人影从火焰旁边窜出来。麦杰里查使劲朝马身上抽了一鞭，马前腿跃起直立起来。

一个瘦弱的黑头发男孩站在火堆旁，瞪着一双惊恐的眼睛。他一手拿着皮鞭，另一只手防御般地举着，衣袖松松垮垮地耷拉下来。他穿着树皮鞋和一条破烂的短裤，身上裹的上衣太长，不得不用麻绳扎起来。麦杰里查迅猛地把马一直骑到男孩面前，差点儿把他撞倒。正要冲他大发雷霆，突然看到了肥大颤抖的衣袖上面那双惊恐的眼睛，那条薄得几乎可以看到里面膝盖的短裤，还有那件大概是主人赏赐的破烂不堪的外套，男孩那纤细的脖颈怯生生地露在外面。

“你站在这儿干吗？吓着了吧？啊，你这个小鬼，小笨蛋！”麦杰里查有些不知所措，既温和又粗声粗气地说，以前只有对马说话时才用这种腔调，从没这样对人说过话，“站在那儿跟要完蛋了一样！要是我撞着你怎么办，啊？真是个笨蛋！”他重复着，语气更加温柔。看到这个男孩可怜巴巴地站在那里，他突然觉得似乎从心底生出一种莫名的情愫，一种同样可怜、可笑，孩子气的心情。

男孩渐渐从惊恐中回过神来，慢慢放下胳膊，“干吗跟头鹰似的猛扑过来？”他尽量像个成年人一样说话得体、不卑不亢，但是还是忍不住发抖，“谁都会被吓到的，”他继续说，“我这儿有马呢。”

“马？”麦杰里查带着嘲弄的口吻慢条斯理地说，“是那样的吗？”他拍了拍屁股，身体后仰打量着那个男孩，眼睛眯着，柔顺的眉毛灵活地颤动。突然，他“哈哈”大笑起来，那么和善坦诚，那么高兴快活，连自己都对这笑声感到惊讶。

男孩腼腆地吸了口气，仍然心存疑虑，但是他也意识到没什么好害怕的，反而显得十分有趣。他皱起脸，翘起鼻子，发出一阵孩童清脆而又调皮的笑声。这一意想不到的反应让麦杰里查笑得更大声了。两人越笑越开心，就这样持续了好几分钟：麦杰里查坐在马鞍上笑得前仰后合，那个男孩一屁股坐在地上，两手支着地，边笑边在半空中胡乱踢腿。

“好了，你让我笑得不行了，年轻人！”麦杰里查说，把一只脚从马镫上抽出来，“你真有意思，真的！”他从马上跳下来，把手伸到火堆上烤起火来。

那个男孩终于止住笑，带着认真而又愉快的神情注视着他，好像还在期望他能变出其他意料不到的把戏，“你是个快活的家伙！”他极其认真地一个字一个字地说，仿佛在宣布一个最终的裁决。

“我吗？”麦杰里查咧着嘴笑了，“是的，我很快活，老弟。”

“我刚才吓坏了。”男孩坦白地说，“我在这儿牧马，正在烤土豆。”

“土豆？太好了！”麦杰里查挨着他坐下，手里还拿着马笼头，“你从什么地方弄的这些土豆？”

“什么地方？那里有很多土豆！”男孩挥动胳膊比画着。

“你是说这是偷来的？”

“当然。我替你牵着马，是头公马？不用担心，他跑不了，这是匹好马。”男孩很有经验地打量着这匹虽瘦但却匀称结实的马，“你从哪儿来？”

“确实是匹好马。”麦杰里查赞同地说，“你是从哪儿来的？”

“从那边来。”男孩朝亮灯光的村子的方向点了点头，“黄泥河子——我们的村子，不多不少一共有一百二十家。”看得出来，他是在重复从别人那里听来的说法，接着啐了一口痰。

“明白了。我从伏罗别耶夫卡来，在山的那边，听说过吗？”

“伏罗别耶夫卡？没听说过。离这儿很远，是吗？”

“是的，很远。”

“那你来这儿干吗？”

“哦，这个……说来话长，老弟。我想买些马，有人说你们这里有很多马。我喜欢马，老弟。”麦杰里查狡猾地说，“我一辈子都在养马，但是都是给人家养。”

“你不会以为这些是我的吧？是主人家的。”男孩从衣袖里伸出一只又瘦又脏的小手，拿起鞭柄熟练地拨开灰烬，烧得黑乎乎的土豆滚了出来，“你大概饿了吧？”他问，“我还有些面包，虽然不是很多。”

“谢谢，我刚吃饱，都快到这儿了。”麦杰里查把手放到喉咙那儿，撒谎道。这时他才意识到自己很饿了。

男孩掰开一个土豆，对着吹了吹，把其中一半连皮塞到嘴里，用舌头翻了一下，接着就开始津津有味地吃起来，尖尖的小耳朵不时地动一下。吃完以后，他看了看麦杰里查，用刚才断定他是个快乐的家伙时的口气说：“我是个孤儿，爸妈死了六个月了，我爸是被哥萨克[①]人杀死的，他们把我妈糟蹋后也杀害了她，我哥也被杀了。”

“哥萨克人？”麦杰里查立刻警觉起来，问道。

“是的。他们想杀人就杀人，一点儿也不讲道理，还烧房子，不单是我们家，还有至少十二家。他们每个月都来，现在还有四十

① 哥萨克是历史上俄罗斯、乌克兰等地一些人群的总称，不是一个民族。哥萨克组成的骑兵，是沙俄的重要武力。十月革命之后，哥萨克人少数参加了布尔什维克政府的苏联红军，多数参加了反政府的白军。

来个人驻扎在村子里。旁边的那个大村，拉基特诺那村，有一个团在那里待了整整一个夏天，坏事都做绝了。吃个土豆吧！”

“你干吗不跑呢？这边有这么大一片森林！”为了看那片森林，麦杰里查甚至微微站了起来。

“有森林又怎么样？你又不能在里面蹲一辈子。说不定就掉进沼泽里淹死了，那边的沼泽又大又深。”

“和我想的一样。”麦杰里查心想。“这样好了，”他站起身说道，“你帮我照看一会儿马，我走着去村子。我发现在这儿买不到什么，丢东西倒是挺容易。”

“干吗那么急？再坐会儿吧，”小牧童站起来，有些失望地说，“一个人待在这儿太闷了。”他难过地解释道，泪汪汪的大眼睛恳求地望着麦杰里查。

“那怎么行，老弟。”麦杰里查遗憾地说，“要趁天还没亮的时候去转转，不过我会尽快回来。我们先拴好马，你说他们的头儿住在什么地方？”

那个男孩告诉他怎样才能找到骑兵连长住的地方，还建议他从后面的院子过去。

“那里有很多狗吗？”

“是的，但是并不凶。”

麦杰里查拴好马，跟牧童道了别，沿着河边的小路往前走。那个男孩依依不舍地目送他，直到夜色吞没了他的身影。

麦杰里查走了半小时，来到村边。小路往右转弯，但是他照牧童的建议，径直穿过一片刚收割完的田地，直到遇到菜园外的栅栏，才绕道过去。整个村子还在熟睡之中，所有的灯光都已经熄灭。寂静空荡的园子在星光的映照下，依稀现出小木屋那温暖的茅草顶。菜园里新翻的土壤散发出一阵潮湿的气味。

麦杰里查路过两条巷子，直到第三条巷子才走进去。有几条狗冲他叫了几声，沙哑的声音听起来有些迟疑，它们自己似乎也很害怕，但是根本没人出来拦住他。这个村子好像已经习惯了任何事情，哪怕是神秘的陌生人到处随意乱逛，也不足为奇。在这个农村经常忙喜事的秋季，他甚至没遇到窃窃私语的情侣，菜园篱笆的浓荫下根本没人在谈情说爱。

他顺着牧童指的方向，又过了几条小巷，绕过村里的教堂，最后来到牧师家涂着油漆的栅栏旁边，骑兵连长就住在牧师家里。麦杰里查环顾了一下四周，仔细听了听周围的动静，没发现有什么可疑的地方，便毫无声响地纵身一跃过了栅栏。

尽管叶子早已凋落，但是园子里的树木和灌木丛仍显得稠密。麦杰里查竭力抑制心脏的怦怦乱跳，屏住呼吸，往园子深处走去。灌木丛的尽头是两条交叉的小径，左边大约四十码的地方有一扇亮着灯的窗户，从开着的窗户可以看到里面坐着人。柔和的亮光均匀地洒在落叶上，光秃秃的苹果树的枝干在灯光的映照下呈现出金色，显得很是异样。

“就是这里！”麦杰里查心想，面颊神经质地抽搐起来。那种总是推动着他去进行疯狂冒险的、不可抗拒的、令人敬畏的大无畏精神，此刻正让麦杰里查感到浑身兴奋无比。虽然他不确定偷听屋内的谈话是否有用，但还是决定听一会儿再走。几分钟后，他已经躲在离窗户最近的那棵苹果树后面，聚精会神地听着，竭尽全力记住他们说的所有事情。

一共有四个人，正在屋内最靠里面的一张桌子上打牌。麦杰里查右边坐着一个身材矮小的老牧师，稀疏的头发梳得很顺滑，长着一双灵活的雪貂眼，瘦小的双手在桌上熟练地挥舞，玩具般的手指洗牌的时候一点儿声响也没有，每发一张牌都要偷偷地瞟一眼；他旁边的人——背对着麦杰里查坐着的那个人——不得不迅速地看一下拿到的牌，马上就藏到桌子底下；面向麦杰里查坐着的是一位俊俏粗壮的军官，看起来有些无精打采，但脾气温和，嘴里叼着一支烟斗，大概是他粗壮的身材让麦杰里查觉得，他就是那个骑兵连的连长；然而，接下来的所有时间，他最感兴趣的却是第四个人，自己也不知道是什么原因——那人的脸有些臃肿，面色苍白，睫毛一动不动，戴着一顶黑色哥萨克帽子，披着一件斗篷，而且出一次牌就把斗篷裹紧一下。

麦杰里查没有听到自己想听的内容，他们一直在说一些通常的无聊话题，大部分时间都在谈论打牌。

“八十分。”背对着麦杰里查坐的那个人说。

“你太小心了，先生，太小心了。”戴着黑色哥萨克帽子的人插话说，“一百分，扣牌。”他又不在意地补充了一句。

那个结实俊俏的男人，眯着眼睛看了看牌，把烟斗从嘴里拿出来，抬高到一百零五分。

“我放弃。”第一个人转过脸对着牧师说，牧师手里还拿着牌。

“我就知道你会这样。”黑帽子带着嘲弄的语气说。

“拿不到好牌，我能怎么办？”第一个人面对着牧师辩解道，想得到他的同情。

“别着急，慢慢来。”牧师开玩笑地说，皱起脸“嘿嘿”地冷笑起来，似乎是在强调邻桌的无足轻重，“你已经输了二百零二分了，真狡猾！”他装出一副洞悉一切的兴奋神情，摇晃了一下手指。

“真是个卑鄙小人！”麦杰里查心想。

“啊，你也放弃了？”牧师问那个懒洋洋的军官，“先生，请补牌。”他对那个黑帽子说，没把牌翻过来，就直接给他了。

接下来的一两分钟，他们“砰砰”地往桌上摔牌，最后黑帽子输了。

“原来也是虚张声势！”麦杰里查轻蔑地想，拿不定主意到底是马上离开，还是再听一会儿。就在这时，那个输了的人突然转过脸朝着窗户，麦杰里查觉得，他的眼睛一眨不眨地盯着自己，眼神刻毒。麦杰里查无法脱身了。

这时候，那个背对着窗户的人开始洗牌，他不慌不忙，但却省时省力，像老太太做祷告。

“涅企塔依诺还没回来。”懒洋洋的军官打了个哈欠说，“我觉得一定是搞上了，早知道跟他一起去。”

“你们两个？”黑帽子转过脸不再看着窗口，“她倒是受得了。”他又补充了一句，龇着牙奸笑了两声。

“你是说华仙卡吗？”牧师问，“是的，她受得了。我们这里以前有一个身体很强壮的诵经士……对了，我已经给你们说过了。

只有谢尔盖·伊万诺维奇不会像你这样想，决不会。你知道昨天他偷偷跑来跟我说什么吗？‘我要带她离开这里。’他说。‘娶她也可以。’他说。啊！……”牧师突然大声喊起来，用手紧紧地捂着嘴，小眼睛狡猾地闪动着，“瞧我这记性！没想说出来的，又说出来了。唉，千万别说出去。”他装出一副很害怕的样子摇了摇手，虽然其他人都和麦杰里查一样，看穿了言行举止背后隐藏的虚伪和谄媚，但是谁也没说什么，都大声笑起来。

麦杰里查弓着腰斜着身子，慢慢地离开窗口，刚到路口就撞上一个肩膀上披着哥萨克大衣的人，他背后还站着两个人。

“你在这儿干什么？”那人吃惊地问，双手本能地抓住差点儿让麦杰里查撞掉的大衣。

排长麦杰里查纵身跳到旁边，冲进灌木丛里。

“站住！抓住他！抓住他！在这边！嗨……”几个人叫嚷起来，同时响起了急促的枪声。

麦杰里查在灌木丛里随意乱跑，一点儿方向没有，帽子也跑丢了。前面传来威胁的吆喝声，路上的狗疯狂地叫着。

“在那里——抓住他！”有人边喊边伸出胳膊朝麦杰里查猛扑过来，一颗子弹“嗖”的一声从耳边擦过。麦杰里查也打了一枪，扑过来的那个人踉跄了一下摔倒在地。

“你们不可能逮到我！”麦杰里查信誓旦旦地说，直到他们抓住他的那一刻，他仍然无法相信自己竟然没能逃脱。

一个又高又壮的大个子从后面扑过来，把他死死地压在地上。麦杰里查拼命想抽出胳膊，但是头上重重地挨了一下，他昏过去了。

他们轮流踢打他，尽管他已经昏迷，仍模糊地感觉到拳脚像雨点一样落在身上。

部队驻扎的山谷又潮又黑，但是在黄泥河子另一边的橙色树林后面，太阳已经从空地上升了起来，泰加森林里弥漫着秋季腐烂味的一天也要开始了。

站岗士兵在马匹旁边打起盹，睡梦中似乎听到一阵连续而有节奏的响声，仿佛是从远方传来的机枪声。他惊恐地抓起步枪，跳了起来。仔细一听，在河边的一棵古老的桤木树上，有只啄木鸟在啄木头。士兵咒骂了一声，寒冷的天气冻得他瑟瑟发抖，他把那件破旧的大衣裹在身上，往空地那边走去。其他人都还没醒——饥肠辘辘、疲惫不堪的游击队员陷入无梦的沉睡中，他们对于新的一天不抱任何希望。

“排长还没回来……一定是吃饱喝足，找了个小屋睡觉去了，我们却要在这儿饿肚子！”站岗士兵心想。他以前非常钦佩麦杰里查，和其他人一样以他为荣，但是现在他觉得，麦杰里查就是个十足的恶棍，让他当排长真是大错而特错。士兵立刻开始憎恨地想到，自己在泰加森林里吃尽苦头，而像麦杰里查这样的人竟然能够享受世上所有的乐趣。没有充分的理由他不敢去打扰莱奋生，只好把巴克拉诺夫叫醒。

“什么？还没回来？”巴克拉诺夫睡眼惺忪地坐起身问道，眼神空洞地望着他，“还没回来，你说？”他突然叫起来，虽然还没完全清醒，但是已经意识到问题的严重性，“不，不可能的，老弟，你糊弄人的吧。啊，是真的！快，把莱奋生叫醒！”他跳起来，迅速扎紧皮带，皱起困倦的眉毛，立刻变得严肃起来。

莱奋生睡得很沉，但是一听到有人提起自己的名字，便立刻睁开眼睛坐了起来。他看了一眼那个站岗的士兵和巴克拉诺夫就明白，麦杰里查还没有回来，而且到了该出发的时间。有一瞬间，他感到筋疲力尽，很想蒙上大衣再睡会儿，忘了麦杰里查，忘了所有的烦心事。但是，下一秒他就已经双膝跪地，一边把大衣卷起来，一边开始用一种冷漠的腔调回答巴克拉诺夫不安的诘问。

“那又怎么样？我早料到了。我们一定会在路上遇到他的。”

“如果没遇到呢？”

“起来，起来，你们这群猪，就知道睡！我们要进村了！”那个站岗士兵大声叫喊，用脚把那些还在睡梦中的人踢醒。草丛里露出游击队员那乱蓬蓬的脑袋，第一批半真半假的咒骂声在站岗士兵身后响起。日子舒服点儿的时候，杜鲍夫通常把这称作他们的“早晨问候语”。

“大伙儿的脾气越来越暴躁了。”巴克拉诺夫若有所思地说，“他们太饿了。”

“你不饿吗？”莱奋生问。

“我？我不要紧。”巴克拉诺夫皱着眉头说，“你知道，你受得了，我也受得了。”

“我知道。”莱奋生说，神情温和，让巴克拉诺夫不自觉地盯着他看了半天，好像从来没见过一样。

“知道吗，你瘦了。”巴克拉诺夫突然疼惜地说，“就剩下胡子了。我要是在你的位子上……”

“你去洗脸吗？来吧。”莱奋生打断他的话，嘴唇有些不好意思地咧了一下。

他们来到河边，巴克拉诺夫脱掉短衫和里面的衬衣，开始抄起一捧水洗起来。显然他一点儿也不在意水冷得彻骨。他的身体强壮结实，皮肤黝黑，仿佛是用铁铸成的，但是他的脑袋跟小孩的一样圆。洗头的时候，一只手舀水泼到头上，再用手掌不停地搓，动作像孩子一样笨拙。

“我昨天晚上谈了很多，还许诺了一件事，但是现在又觉得好像没什么必要。”莱奋生突然想，昨天晚上和密契克的谈话以及由此想到的一些事情在脑海中闪现，模模糊糊但又令人不快。不是因为他觉得那些话没能表达自己的真实想法，是错的；相反，他深信它们是正确的、充满智慧的、有意义的。但是他现在回想起来，总是感到一种无法解释的不满。“啊，是的，我答应让他骑另外一匹马，这有什么不对吗？没有，就算今天我也会这样做——没什么不对劲的。那么到底哪里错了呢？问题是——”

“你怎么还不洗？”巴克拉诺夫问，他已经洗完了，正在用一条脏毛巾擦身体，皮肤擦得通红，“水很凉，真舒服！”

“问题是我生病了，我越来越难以控制自己。”莱奋生边往河里走边想。

然而，在洗完脸束紧皮带以后，他感觉出胯上毛瑟枪熟悉的重量，这时他意识到，昨晚的睡眠让他恢复了一些体力。

“麦杰里查出什么事了？”这个问题一直在他脑海中盘旋。

莱奋生无法想象麦杰里查一动不动的样子，更别说已经去世的麦杰里查。他总是不由自主地被他吸引，而且不止一次地感到仅仅是并排骑马、聊聊天，或者只是看见他，就足以让自己心情愉悦。他欣赏麦杰里查，并不是因为他拥有出色的社交方面的有用素质——实际上，这正是他很缺乏的，而莱奋生自己却具有这方面的品质——而是因为他那异常坚韧的体格，因为他身上所洋溢着的动物般的生命力，像取之不竭的泉水一样，这些正是莱奋生自己所缺少的。莱奋生无论何时见到麦杰里查都是灵活敏捷、时刻准备行动的身影，或者，仅仅知道他就在附近，他就会忘了身上的病痛，甚至感到自己也像麦杰里查一样强健有力。他心里一直为能指挥这样的人而感到自豪。

莱奋生越来越确信，麦杰里查已经落到了敌人的手里，但是对其他人来说，这是难以置信的。疲惫不堪的游击队员尽管心里一直忐忑不安，但还是顽固地不去这样想，如果真的发生了，那么接踵而来的只有痛苦和不幸，因此这样的事情根本不可能发生。另一方面，站岗士兵认为排长“一定是吃饱喝足，找了个小屋睡觉”，虽然这种行为完全不像办事认真、机警过人的麦杰里查所做的事情，但却逐渐得到了大家的认同。很多人开始公开指责他胆小懦弱、背信弃义，一再催促莱奋生马上出发去追赶他。当莱奋生比往常更认真仔细地处理完日常事务，包括给密契克换了匹马，最后下令出发的时候，整个队伍都兴高采烈，似乎这个命令马上就能结束他们的痛苦和不幸。

他们骑马走了一个小时又一个小时，但是那位额前神气活现地垂着一绺黑发的排长，仍然没有出现在小路上。他们又走了两个小时，还是没见到他。现在不只是莱奋生，连那些刚才嫉妒和咒骂麦杰里查的人，都开始怀疑他的任务是否顺利完成了。

部队在肃静的沉思中向泰加森林的边缘走去。

第十五章

三次死亡

麦杰里查在一个漆黑的大仓库中醒过来。他躺在地上，最先觉察到的是地面寒冷刺骨的潮气，他立刻回想起事情的来龙去脉。雨点般打在身上的重击在他脑海中不断闪现，额头和脸颊上的鲜血已经凝结成血块。

第一个在他脑海中闪现出的比较清晰的念头，就是要想方设法逃出去。麦杰里查经历了无数的风风雨雨，创下许多英雄事迹，立下那么多汗马功劳，在人们心中也算是一个大名鼎鼎的人物，所以，他始终无法相信自己会和所有人一样死去，在土壤里腐烂。他摸遍了仓库的每一个角落，检查了每一个小裂缝，甚至想撞开门，但最终一无所获。冰冷的死气沉沉的木头包围着他，夹缝小到令人绝望，甚至无法看到外面，只能勉强照进秋季微弱的晨光。

然而，他还是不停地摸索，直到最后不得不绝望地承认，这一次他没有任何逃脱的机会。一旦他明确了这一点，就不再考虑生与死的问题，而是把所有身体和精神的力量都集中到一件事上，这件事虽然无关他的生死，但在他的眼里却是至关重要的：一向勇气十足、大胆无畏的麦杰里查，怎么样才能向那些要杀死他的人表明，他不怕他们，他蔑视他们。

他还没来得及考虑清楚这个问题，就听见门外传来一阵嘈杂声，门闩被“咣当”一声拉开，微弱昏暗的晨光一晃一晃地射进来，两个全副武装穿着肥大的黄色条纹裤的哥萨克士兵走进仓库。麦杰里查叉开腿站在那里，眯着眼睛瞅着他们。

他们站在门口，看见他时显得有些犹豫不安，后面的那个紧张得抽了抽鼻子。

“出来吧，乡巴佬。”前面的那个终于开口说话，声音里没有恶意，反而好像有些愧疚。

麦杰里查恶狠狠地瞪着眼睛，低下头，走了出去。

过了没多久，他被带进一间房子，正是昨天晚上在牧师家园子里窥视的那间，站在戴着黑色哥萨克帽子披着斗篷的那个人面前。那位强壮俊俏、脾气和善、被麦杰里查当作骑兵连长的军官僵直地坐在扶手椅上，和蔼而又疑惑地瞅着麦杰里查。麦杰里查仔细打量了他们一番，根据一些微小的迹象发现，连长不是那个脾气和善的军官，而是这个披着哥萨克斗篷的人。

“你们可以走了。”那个披斗篷的人看了看站在门口的哥萨克士兵，严厉地说。

他们笨拙地用胳膊肘捣了一下对方，走了出去。

“你昨天在园子里做什么？”他来到麦杰里查面前，眼睛一动不动地注视着他，语速很快地问道。

麦杰里查嘲弄地瞪着他，没有回答，眼睛直视着对方，黑色柔顺的眉毛微微震颤。他的态度表明了决心，无论他们问什么、怎么逼他回答，他决不会说出半句令这些审问者满意的话。

“别在那里胡思乱想了！”连长语气和缓地说，丝毫没有生气，但是说话的腔调明显表明，他对麦杰里查的想法了如指掌。

“说些废话有什么用？”排长桀骜不驯地笑着说。

骑兵连长打量着这张冷漠的结满血块的麻脸。

“你得天花很长时间了吧？”他突然问。

“什么？”排长吃惊地问，他觉得吃惊是因为军官的问题中没有任何嘲弄的成分，或者其他隐含的意味，很明显那人只是对他的麻脸感到好奇。然而，麦杰里查明白以后，感觉比受到嘲弄还让人愤怒。骑兵连长这样做，似乎是想试探一下是否可能和他建立一种人与人的普通关系。

“好吧，你是谁，本地人吗？还是从其他地方过来的？”

“少啰唆，长官！”麦杰里查攥紧拳头，脸涨得通红，愤怒地大声吼道，几乎控制不住要向那位军官扑过去。他还想说点什么，但是脑海中突然冒出一个念头：为什么不抓住那个长着一张平静得令人恶心的臃肿的脸和丑陋的红胡茬的人，掐死他？这突如其来的念头一下子控制了他，他突然不作声，往前迈了一步，两手猛地一伸，麻脸上顿时冒出了汗。

“啊！”那人惊愕地大叫起来，但是并没有后退，眼睛始终盯着麦杰里查。

麦杰里查踌躇了一下，显得有些犹豫不决，但是眼睛里充满怒火。那人从皮套里拔出手枪，在麦杰里查的眼皮底下晃了晃。排长克制住自己的情绪，转过脸看着窗户，傲慢地沉默着，一动不动地站在那里。从这以后，不管他们是用手枪威胁他、警告他要用最残酷的方法惩罚他，还是许诺只要说出实情就给他自由，他一个字也没说，甚至对审讯的人看都没看一眼。

正审讯着，门轻轻地开了，一个头发凌乱的脑袋伸了进来，一双又蠢又大的眼睛惊恐地看着屋里。

“啊！”骑兵连长说，“已经集合好了吗？好的，叫人进来，把这个胆大包天的家伙带出去。”

还是之前那两个哥萨克士兵押着麦杰里查来到院子里，指了指一扇开着的门，自己跟在后面。麦杰里查没向后看，不过还是感觉到那两个士兵跟在他后面。他们来到教堂的广场上。村民们都已经聚集在教会执事的小屋旁边，哥萨克骑兵把守着四周。

麦杰里查似乎一直都不喜欢这些人，瞧不起他们整天为了一些枯燥琐碎的事情忙碌，而且以为自己丝毫不在意人们怎么评价他，他没有朋友，也从来不想费心去结交朋友。但是，他没有意识到，自己一生中所做的每件重要的大事，都是为了这些人，希望他们能够以他为荣，钦佩他，赞美他。现在，当他抬起头，看着甚至是用整个身心拥抱着这些聚集起来的穿着五颜六色外衣的，晃动着但却沉默不语的人群：男人，男孩，穿着自制粗布裙的惊慌的妇女，戴着白色或花色头巾的少女，帽檐下垂着几绺头发，服装俗丽，像廉价的彩色版画上那些整洁的、神情焦虑的哥萨克骑兵，在草地上跳动的背影，头顶上寒空映衬和清冷的日光照射下的古老的教堂圆顶。

“太美了！”他差点儿喊出来。生机勃勃而又赤贫如洗的人们，在周围呼吸着，发出耀眼的光芒，这让他顿时心潮澎湃、欢声雀跃。他的脚步如灵巧的动物般轻盈、矫健，更潇洒更迅速地往前走，仿佛是在地上滑行。广场上的每个人都屏住呼吸注视着他，他们觉得，在他热情柔韧的身体里蕴藏着像他的脚步一样轻快敏捷的野兽般的活力。

他昂首挺胸地穿过人群，感觉到人们沉默但却关注的目光。他在教堂执事小屋的门廊上停下了，军官们从他身边走过，走上台阶。

“到这儿来！”骑兵连长指了指身旁说。

麦杰里查一个大步跨上去，站在他旁边。

现在人们可以清清楚楚地看见他——身材笔直结实，黑头发，穿一双柔软的鹿皮靴子，衬衫敞开着，一根带着浓绿色流苏的绳子紧束在外面，鹰一般犀利的眼睛闪烁着四射的光芒，眺望着在灰色晨雾中威严地屹立在远处的山脉。

“谁认识这个人？”连长问道，犀利的目光掠过人群，似乎在每个人脸上都停留了片刻。

他眼睛注视过的人都紧张起来，眨着眼睛，低下了头，只有那些甚至没有勇气转开目光的妇女，带着一种胆怯而又热心的好奇，沉默茫然地看着他。

“没有人认识他吗？”连长问道，带着讽刺的口气着重强调“没有人”这三个字，仿佛十分确定在场的每个人都认识麦杰里查，“那我们现在就把这件事弄明白了，涅企塔依洛！”他冲着一位体型高大的军官喊道。那位军官身穿哥萨克长大衣，骑在一匹欢腾的栗色大马上。

人群中突然一阵骚动，人们开始窃窃私语，站在前面的人伸长脖子四处张望。一个穿着黑色背心的人在人群中铆足了劲往前挤，他低着头，所以只能看到他厚厚的皮帽。

“让一下，让一下！”他飞快地重复说道，一只手开路，另一只手还拽着一个人。

最后他终于挤到门廊那儿，这时人们才看清，他拽着的那个人是一个孱弱的黑头发男孩。那个男孩穿着一件长外套，看起来很害怕，不肯往前走，黑色的眼睛胆怯地看看麦杰里查，再看看骑兵连长。人群中响起一片嘈杂声，还有叹气声和妇女们喃喃的低语声。麦杰里查往下看，立刻认出这个眼神恐惧、脖颈很细的黑头发男孩，正是他昨天晚上将马托付给他的那个小牧童。

拽着他的那个农民脱下帽子，露出扁平的脑袋，头发白一块黑一块，就像是头上不均匀地撒了一把盐粒。他朝连长鞠了一躬，紧张地说：“我家的小牧童……”但他担心他们没有耐心听完自己的话，于是迅速地低下头，指着麦杰里查问那个男孩，“是他吗？”

牧童和麦杰里查的眼睛对视了几秒钟——麦杰里查极力装出一副冷漠的样子，牧童的目光里却带着恐惧、同情和怜悯。男孩又转头看了看骑兵连长，有一瞬间他的眼睛似乎黏在了那位哥萨克军官的脸上，接着，他又把视线转移到那个一直拽着他手的农民身上，那个农民满怀期望地看着他。他深深地吸了口气，然后拼命地摇了摇头表明自己不认识这个男人。原本安静的人群，甚至可以听到教堂执事牛棚里小牛的响动，这时传来一阵轻微的骚动声，但是瞬间又安静下来。

“别害怕，小傻瓜，别害怕！”那个农民紧张起来，指着麦杰里查，用颤抖的声音哄他说实话，“除了他还能有谁？快说啊，就是他，别害怕……啊，你这条小毒蛇！”他突然愤怒地停下来，使劲拉了一下男孩的胳膊，“就是他，大人！要不然还会有谁？”他似乎是为了证明自己，不自觉地提高嗓门说，还谦卑地捏着帽子，“他是害怕了，不敢说实话。马上装了鞍子，袋子里还有枪套，不是他还能有谁？昨天晚上他骑马来到火堆旁边，说，‘让我的马在这儿吃会儿草。’然后就来村里了，这个小孩一直等到天亮，他也没有回来……所以他就把马牵回来了。马是上了鞍子的，袋子里还有枪套，还会是谁？”

“谁骑马来的？谁的枪套？”连长仔细听了半天也没弄明白他想说什么。那个农民越发慌乱起来，一只手不停地揉搓着帽子，又开始语无伦次地把刚才说的话重复一遍，牧童早晨怎样领了一匹别人的马回来，马上装了鞍子，袋子里还有个枪套。

“哦，我明白了！”骑兵连长慢吞吞地说，“但是他不承认啊。”他又说，朝那个男孩点了下头，“好吧，把他带上来，就用我们的方式让他说实话。”

有人从后面推了他一把，推到门廊边上，但是他不敢往上走，那个军官从台阶上跑下来，抓着他瘦弱颤抖的肩膀就往身边拽，眼睛严厉残忍地瞪着男孩那双充满恐惧的眼睛。

“啊——啊！”男孩突然尖叫起来，眼睛往上翻。

“他们到底要对他做什么？”一个妇女终于忍不住，号啕大哭起来。

就在此时，一个敏捷灵活的身躯一个健步迈下台阶，人们惊诧地举起手，闪到一边，骑兵连长被重重地撞了一下，跌倒在地。

“开枪打他！别傻站着！”漂亮的军官突然惊慌失措，无助地伸出一只手，大叫起来，早已忘了自己也可以开枪。

几个骑兵冲进人群，人们顿时四处散开。麦杰里查整个身体都压在那个军官身上，拼命想掐住他的喉咙，但是军官像个蝙蝠一样，展开像翅膀一样的黑色斗篷，不停地扭动着，紧紧抓着皮带，试图拔出手枪。最后他终于打开皮套，就在麦杰里查马上要掐住他脖子的那一刹那，他朝麦杰里查开了枪。

哥萨克士兵跑过来，拉着麦杰里查的腿要拖走他的时候，麦杰里查还咬着牙，死死地抓着青草，他想抬起头，却无能为力，任由他们在地上拖着走。

“涅企塔依洛！”俊俏的军官喊道。“连队集合！你也去吗，长官？”他恭恭敬敬地问道，却不敢看他。

“是的。”

“把连长的马牵过来！”

半小时以后，哥萨克骑兵连从村子里出发，沿着麦杰里查昨晚走的那条路飞驰而去。

巴克拉诺夫和大伙儿一样紧张不安，最后终于控制不住了。

“听我说，让我先到前面看看。”他对莱奋生说道，“鬼知道我们会碰到什么事！”

他策马飞奔，没过多久（比他预想的要快）就来到泰加森林边上那个摇摇欲坠的小屋旁边。他不用爬到屋顶上就可以看到，不到半俄里的地方，大约有五十个骑兵从山上跑下来。他认出他们是正规军，戴着黄色帽檐的帽子，穿着条纹裤。巴克拉诺夫克制住立刻回去报信的冲动（莱奋生可能随时都会出现），掩藏在灌木丛里，急切地想知道会不会有大部队从山后面出来，结果没再发现敌人。骑兵连跑得很慢，队伍已经显得很凌乱。从他们松松垮垮的骑马姿势，以及马匹不停地摇晃着脑袋可以看出，他们刚才显然已经疾驰了一段时间。

巴克拉诺夫飞奔回来，莱奋生刚刚走出树林，他们差点撞到一起。莱奋生示意他停下了。

“多少人？”听完他的汇报，莱奋生问道。

“五十个左右。”

“步兵？”

“不是，都是骑兵。”

“库波拉克，杜鲍夫，你们下马！”莱奋生小声命令道，“库波拉克，你们把守右翼，杜鲍夫，你们在左边。看我不教训你们！”他突然带着愤怒的嘶嘶声嚷道，一个脸上缠着纱布的游击队员从队伍里溜出来，还有几个正打算跟在他后面。“回到你们的位置上去！”他挥着鞭子威胁般地说。

他让巴克拉诺夫指挥麦杰里查的排，命令他原地待命，然后从马上下来，拿着毛瑟枪，走在队伍前面，脚步有些微跛，但动作十分敏捷。

他命令士兵在灌木丛里排成散兵线，自己带着一名游击队员匍匐着来到小屋那儿。骑兵已经很近了，莱奋生看见他们的黄色帽檐和条纹裤，知道他们是哥萨克人，而且还认出那个披着黑斗篷的连长。

“告诉他们爬着过来，”他小声对游击队员说，“别让他们站起来，否则的话……好了，你还等什么？快点！”他皱着眉头推了一下旁边的士兵。

虽然哥萨克人不多，莱奋生却像年轻时刚参加战斗那会儿一样，一下子兴奋起来。

尽管中间没有一条明确的界线，他还是根据感受把自己的战斗生涯分成了两个阶段。

第一个阶段，他在丝毫没有受过军事训练，甚至不知道如何开枪的情况下，就承担指挥的责任。他觉得自己实际上并没有指挥，所有事情的发生发展和他毫不相干，根本不由他的意志力做决定。这并不表示他在推卸责任，相反，他一直努力做好自己能做的事情，也不表明他认为，不管是以前还是现在，个人的力量无法影响一大批人参与的事情——不，这种观点对他来说，是那些缺少勇气和毅力去行动的人不得不求助，以掩饰懦弱的一种最恶劣的伪装。他之所以有这样的想法，是因为在自己军事生涯的第一阶段，他所有的精力几乎都用在克服和掩饰自己在战斗中不由自主地产生的对死亡的担心和恐惧。

然而，他很快适应了这样的境况，已经可以做到，哪怕是担心自己的生命也不会影响他妥善处理别人的生命。

在第二阶段，他拥有了掌控事情发展的能力，这种力量越全面越成功，越能够清楚准确地预测事情发展的真正阶段，以及各种力量和人们之间的相互关系。

但是现在莱奋生又一次感觉到了那种久违的兴奋。他觉得，这和他现在的心境，以及对自己的想法和对麦杰里查失踪的想法有关。

散兵线从灌木丛里爬过来的时候，莱奋生终于恢复过来，控制住自己。大伙儿像往常那样坚信，他那瘦小、灵巧的身形和自信而又精准的动作就是稳操胜券的象征。

骑兵连越来越近，已经可以听到马蹄声和士兵小声交谈的声音，甚至能够清楚地看到他们的模样。莱奋生察觉出他们的表情，特别是那个身板结实的军官，嘴里叼着烟斗，走在队伍的最前面。

“一定是个残暴的家伙。”莱奋生心想，眼睛一直盯着他，而且禁不住把敌人所有的恶劣品质都与这个俊俏的军官对上号，“心脏跳得真快，是不是该开枪了？到时候了吗？不，要等他们到了那棵掉了树皮的白桦树那里再开枪。他坐在马鞍上怎么跟个布袋一样？”“全——排！”骑兵连刚到那棵掉皮的白桦树旁边，莱奋生就拖着尖细的长腔大喊，“开火！”

那个军官听到喊声，惊愕地抬起头，但是紧接着下一秒，头上的帽子已经被打飞了，脸上显出恐惧万分而又无助的神情。

“开火！”莱奋生又喊了一声，瞄准那个军官开了一枪。

整个骑兵连顿时方寸大乱，很多哥萨克士兵从马上摔下来，但是那个军官还在马上，他的马龇着牙，前腿跳起。一时间，惊慌失措的人们和后腿站立的马匹乱作一团，喊叫声、嘶鸣声全都淹没在枪声里。一个戴黑色帽子、披黑色斗篷的人骑着马从混乱中冲出来，使劲勒住马，挥舞着军刀在骑兵连前面跳跃起来。其他人拒绝执行他的命令，还有些人早已狠狠地抽打自己的马，飞奔而逃了。游击队员从地上一跃而起，紧跟着冲了出来，一些性急的士兵边跑边放枪，早已追了上去。

“上马！”莱奋生喊道，“巴克拉诺夫——这里！上马！”

巴克拉诺夫脸上杀气腾腾，整个身体往前倾，一只手垂在身旁，紧握着像云母般闪亮的军刀，飞一样疾驰而过。麦杰里查排里的士兵拿着武器紧随其后，呐喊声、钢刀的碰撞声响成一片。

没过多久，整个部队都跟着他们骑马飞奔。

密契克不自觉地被这场雪崩般的进攻挟裹着，奔驰在队伍的中间。他丝毫没感觉到恐惧，而且还忘记像往常一样从旁观的角度观察和分析自己的思想和行为。他紧盯着前面熟悉的背影和乱蓬蓬的头发，觉得自己的马尼夫卡不会跑在后面，他知道敌人在逃命，和其他人一样，他只想着追上哥萨克们，跟上那个熟悉的背影。

哥萨克骑兵连躲进了白桦树林，过了一小会儿，他们开始拼命地开枪射击，但是游击队员仍然奋勇前进，丝毫没有放慢速度，枪声反而让他们更加兴奋起来。

突然，在密契克前面飞奔的那匹鬃毛又长又乱的公马一头栽倒在地上，那个熟悉的背影张着双臂，从马颈上摔了下去。密契克和大伙儿一起突然转向，从那个躺在地上抽搐的黑色的大块头旁边绕了过去。

密契克看不见那个熟悉的背影，只好紧盯着迎面而来的小树林。一个身材矮小、长着大胡子的家伙骑着一匹黑马，在他身边一闪而过，嘴里大声嚷着，还用军刀指了一下。他旁边的几个士兵骑着马突然往左边冲去，但是密契克不明白出了什么事，还是直着往前飞奔，最后冲进了一片小树林，差点儿撞到树干上，脸也被光秃秃的树枝划破了。尼夫卡发疯般地在灌木丛里乱窜，他费了很大的劲儿才勒住它。这才发现，在这片长满金色树叶和四处都是乱草的安静的白桦林里，只有他一个人。

刹那间，树林里似乎到处都是哥萨克士兵，他尖叫一声，惊慌失措地往回冲，甚至没感觉到长满利刺的树枝正抽打着他的面颊。

他骑马回到田野上时，部队已经走了。大约二百步的地方躺着一匹死马，马鞍已经歪到了一边。马的旁边，一个人抱着膝盖一动不动地坐在地上，那是莫罗兹卡。

密契克为刚才的恐惧感到羞愧，他骑着马慢慢地走过来。

米什卡龇着牙，侧身躺在那里，睁着一双像玻璃一样光滑的眼珠，曲着蹄子尖尖的前腿，好像还在时刻准备着奔驰。莫罗兹卡的眼睛干燥，泛着亮光，绝望而又茫然地看着它。

“莫罗兹卡！”密契克在他面前停下，轻轻地喊了一声。他的心里突然涌出对这个人和这匹死马亲切的满含热泪的怜悯之情。

莫罗兹卡还是僵坐在那里，没有动。他们俩谁也没有说话，就这样一动不动地待了几分钟。后来莫罗兹卡叹了口气，松开手，跪在地上开始卸马鞍，还是没看密契克。密契克不敢再对他说话，只是默默地看着他。

莫罗兹卡松开皮带，其中一条已经坏了，他认真检查了那条断掉的皮带，看到上面沾着血渍，用手摸了一下就扔掉了，然后嘟囔了一声，把马鞍扔到背上，弓着腰，迈着罗圈腿，向树林走去。

“我来拿吧，要不，你要是愿意，你骑我的马，我步行。”密契克冲着他的后背喊。

莫罗兹卡没有回头，马鞍把他的背压得更弯了。

密契克不知什么原因急切地想避开他，从左边绕了个大圈才走过去。过了树林，他看见不远处的山谷里有一个村庄。右边延伸到远处山脚下广阔的低地上，有一片树林，远处的山脉好像跑到一边，在灰蒙蒙的远方消失。早上还是晴空万里，现在却感觉天空像压下来一样，毫无生气，连太阳也看不见了。

大约五十步远的地方，躺着几个被游击队员的军刀砍死的哥萨克士兵，还有一个活着的——他一次次地用手费力地支起身体，又一次次地跌倒，不断发出呻吟。密契克不想听到那人的呻吟，远远地绕了过去。几个游击队员骑着马从村子里出来，迎面向他走来。

“他们打死了莫罗兹卡的马。”他们走过来的时候，密契克说道。

没人理睬他。有个人带着疑惑的神情看了他一眼，仿佛想问他，“我们浴血奋战的时候，你在哪里？”密契克面容憔悴，继续往前走，心里充满了不祥的预感。

他走进村子的时候，很多游击队员已经安排好住处，其他人围在一个窗框高大而且有木雕的大木屋旁边。莱奋生歪戴着帽子，浑身都是汗和尘土，站在门廊上下命令。密契克在栅栏旁边下马，其他人的马都拴在这里。

“你从哪儿冒出来的？”班长口气嘲讽地问，“是采蘑菇去了，还是干什么了？”

“不，我刚才跟大伙儿走散了。”密契克回答，他不在意别人怎么评价他，但还是习惯性地为自己辩解，“我到了树林那里，我猜，你们转到左边去了。”

“是的，往左边走了。”一个年轻的黄头发的游击队员大声说道，他脸上的酒窝看起来天真坦率，头上长着一撮像鸡冠一样的头发，“我喊你了，但是可能你没听见。”他神情专注地看着密契克，好像在愉快地回忆这次冲锋陷阵的所有细节。密契克拴好马，在他身边坐下了。

库波拉克从巷子里走出来，后面跟着一群农民，他们押着两个反绑双手的人向木屋走去。其中一个穿着黑背心，畸形扁平的脑袋上像是被胡乱撒了把盐，他一边哆哆嗦嗦地往前走，一边不停地向周围的人哀求。另一个是一个瘦骨嶙峋的牧师，身上的长袍已经破旧不堪，甚至可以看到里面皱巴巴的短裤和垂下来的纽扣遮盖。密契克看见库波拉克的皮带上有一根银链子晃来晃去，显然是十字架上的链子。

“是这个人吗？”那两个人被拖到门廊那儿时，莱奋生脸色苍白，指着那个穿背心的人问道。

“是他，就是他！”农民们异口同声地喊。

“真是个畜生。”莱奋生对着坐在旁边栏杆上的斯塔欣斯基说，“但是麦杰里查再也醒不过来了。”他转过头，飞快地眨了眨眼睛，沉默了片刻，极力不去想麦杰里查。

“同志们！亲爱的同志们！……”那个被绑着的人抽噎着说，像狗一样奴性十足的眼睛一会儿看看农民们，一会儿看看莱奋生，“我不是心甘情愿那样做的呀，哦，上帝啊，亲爱的同志们！”

没人听他的话，农民们都扭过头不看他。

“还有什么好说的？整个村子的人都看到你逼那个男孩说话。”一个人冷漠地看着他，厉声说道。

“这只能怪你自己，怨不得别人。”另一个人附和着说，有些不自然地把头低下了。

“毙了他。”莱奋生冷冷地说，“把他给我带远点。”

“牧师怎么处置？”库波拉克问，“也是个畜生，那些当官的就住在他们家。”

“放了他，让他见鬼去吧！”

库波拉克拖着那个穿背心的人，其他人，包括许多游击队员，簇拥着跟在他后面。那个人蹬着腿，赖着不肯走，下巴不停地颤抖。

“金翅雀”朝密契克走来，头上的帽子一直往下飘尘土，但是脸上却显出洋洋自得的神色。

“啊，你在这儿呢！”他的声音里充满了喜悦和自豪，“你全身都是伤痕。走，我们搞点吃的去。他们要把那个家伙干掉。”他意味深长地慢吞吞地说，然后吹了声口哨。

他们吃饭的小屋又脏又不通风，到处弥漫着面包和切碎的卷心菜的味道，放炉子的那个角落乱七八糟地堆放着卷心菜。“金翅雀”一边狼吞虎咽地吃着面包喝着菜汤，一边还一个劲儿地吹嘘自己的英雄事迹，时不时地用眼角瞟一眼给他们端菜的姑娘。她身材苗条，梳着长辫子，看起来既害羞又高兴。密契克尽力集中精神去听“金翅雀”说话，但是始终很神经质，哪怕有一点儿动静也会浑身发抖。

“他突然转过身，瞄准我。”“金翅雀”边往嘴里塞东西，边说个不停，“不过，我先给了他一枪。”

这时远处传来一阵手枪齐射的声音，窗户上的玻璃震得咯咯作响。密契克吓了一跳，手里的汤匙掉了下来，脸顿时变得苍白。

“这些到底什么时候能结束啊！”他绝望地喊起来，手捂着脸，跑了出去。

“他们把他打死了，那个穿背心的人。”他心想，躺在灌木丛里，脸深埋在大衣领子里，甚至已经忘了怎么到这里来的，“他们迟早也会杀了我的。但是，我确实活着吗？和死了大概也没什么两样。我再也见不到那些亲人了……还有那个卷发姑娘，我竟然把她的照片撕得粉碎……他一定哭了，穿背心的可怜人……哦，上帝，我怎么把她的照片给撕了呢？我是不是再也见不到她了？我真是不幸啊！”

他从灌木丛出来的时候，差不多是傍晚了，他的眼睛干涩，脸上带着极度痛苦的神情。在离他很近的地方，几个醉汉扯着嗓子吆喝，还有人在拉手风琴。在门口他碰到那个梳着长辫的苗条姑娘，用扁担挑着两桶水，身体像葡萄藤枝一样优雅地弯着。

“嗨，你应该去看看，你们队里一个人和我们村里的小伙子们玩得可高兴了。”她抬起黑黑的眼睫毛，笑着说，“听啊——听到了吗？”她随着从街角飘来的欢快音乐，摇晃着可爱的小脑袋，水桶也随之晃动起来，水溅了一地。姑娘 下子害羞起来，飞快地跑了出去。

“我们是一群囚鸟！……”一个醉汉大声唱着，密契克觉得很熟悉，扭头看了看街角，原来是莫罗兹卡在拉手风琴，额前一绺头发凌乱地搭在眼皮上，粘在汗涔涔的脸上。

莫罗兹卡在街道中间踉踉跄跄地走着，动作十分粗野，使劲拉手风琴，脸上的表情就像做了坏事又想诚心悔改一样。他后面跟着一群和他一样醉醺醺的人，没扎皮带也没戴帽子，身旁还跑着许多赤脚男孩，他们又喊又叫，像猴子一样动作敏捷地又蹦又跳，还不时做着鬼脸，弄得尘土飞扬。

“啊！……我的老朋友！……”莫罗兹卡见到密契克，仗着酒意，带着虚假的狂喜大声喊道，“你去哪儿？去哪儿？别害怕，我们不会伤害你。我们喝一杯。见鬼去吧！反正我们都要死了！……”

他们围着密契克，跟他拥抱，满脸堆笑，酒气熏天地贴近他，一股难闻的异味从他们嘴里喷出来。有人硬往他手里塞了个酒瓶和半根黄瓜。

“不，不，我不喝酒。”密契克说道，极力想挣脱他们，“我不想……”

“快喝，真该死！”莫罗兹卡叫嚷着，他已经陷入酒醉的癫狂状态，还差点儿哭了出来，“上帝啊！——耶稣啊！——圣母啊！……我们都要死了！……”

“那么就来一点儿好了。你知道，我不喝酒。”密契克妥协地说。

他匆忙地对着瓶子喝了几口，莫罗兹卡把手风琴拉到最宽，开始沙哑着嗓子唱起来，其他人也跟着唱。

“过来，跟我们一块儿。”一个人拉着密契克的胳膊说，“我家住在这里！”他抓住一句歌词，瓮声瓮气地唱道，长满胡须的面颊紧贴着密契克的脸。

他们在路上跌跌撞撞地走着，闹腾着，把狗都吓得乱窜。他们诅咒头顶上灰蒙蒙的没有星星的天空，诅咒自己，诅咒他们的母亲，诅咒这个反复无常的艰难的世界。

第十六章

沼泽

瓦莉娅没参加战斗，而是留在泰加森林里照看辎重，她来到村里时，大伙儿已经在农民的木屋里住下了。她发现，木屋是随意分配的，各连队混在一起，没人知道其他人在哪儿，没人理会指挥官。实际上，这支队伍早已分离成为七零八落的散兵游勇。

在去村里的路上，她看见莫罗兹卡那匹马的尸体，但是谁都不能告诉她莫罗兹卡到底发生了什么事。有人说，他已经死了——他们亲眼见到的，有人说他只是受了点伤，还有些人对莫罗兹卡的命运毫不知情，立刻开始讲述自己的好运气，可以安然无恙地活下来。没能和密契克言归于好，她觉得异常无助和痛苦，而现在发生的一切使她的情绪更加低落。

和男人之间的感情纠葛、饥饿以及那些令她心烦意乱的念头，让她心力交瘁，几乎没有力气坐在马鞍上，差一点儿就号啕大哭起来，最后她终于找到了杜鲍夫。他是第一个真正乐意见到她、带着严肃同情的微笑和她打招呼的人。

当她看见他严峻的略显苍老的面庞和垂下来的肮脏的黑胡子，当她看到周围其他亲切熟悉的像杜鲍夫的脸一样永远粘着煤粉的灰色粗糙的脸，她的心带着对他们的热爱和对自己的同情，甜蜜而又痛苦地震颤起来。他们让她想起自己年轻的时候，漂亮、乖巧，梳着蓬松的辫子，一双大眼睛散发着渴望的光芒，白天在黑暗的矿井里推煤车，晚上在聚会上跳舞，这些可笑的充满欲望的面孔也像现在这样围着她。

她和莫罗兹卡吵架以后，似乎就和他们分开了，然而，这些曾经和她一起生活、一起工作、向她求爱的矿工们，才是她唯一的亲人。“我有多长时间没见过他们了！都快把他们忘了。哦，我的亲人啊……”她心里充满了热爱和悔恨，太阳穴感到甜蜜的疼痛，眼泪在眼眶里打转，她不得不拼命克制自己，才没有让泪水流下来。

整个队伍里，只有杜鲍夫有条理地把士兵安排在相互毗邻的房子里，还安排士兵在村外站岗，帮莱奋生收集粮草。在忙乱时期，或是每个人都起同样作用的日常生活中，人们忽略了一个事实，但在今天这个混乱的日子里，这个事实恰合时宜地凸显出来：正因为有了像杜鲍夫这样有纪律的队伍，这个部队才能完好地结合为一个整体。

瓦莉娅从大伙儿那儿得知，莫罗兹卡还活着，而且毫发无伤。她还见到了他的新马，是从白军那里抢来的一匹高大的栗色公马。它的腿很细，鬃毛很短，脖颈又细又长，样子显得很狡猾奸诈，他们都叫它“犹大”。

“他还活着……”瓦莉娅心想，眼神空洞地望着那匹公马，“我很高兴。”

吃过饭，她爬到储存干草的阁楼，躺在散发着香味的干草上，仔细聆听外面的动静，担心哪个“老相识”爬上来找她，这时她怀着温柔、朦胧的感情想起，莫罗兹卡还活着，不久便带着这个宽慰的想法睡着了。

突然，她在极度的不安中惊醒，双手已经冻得麻木。无边无际的夜色，在黑暗中晃动，在屋顶下窥探。一阵冷风摇动着树枝，摆弄着干草，院子里的树叶开始沙沙作响。

“上帝啊，莫罗兹卡跑哪儿去了？其他人在哪里？”瓦莉娅恐惧地想，“难道还要把我一个人留在这个黑窟窿里吗？”

她像发高烧一样浑身颤抖，急急忙忙披上大衣，好不容易把胳膊伸进袖子里，从阁楼上爬下来。

在门口，一个站岗士兵的身影在夜色下若隐若现。

“谁在那儿站岗？”她边往那儿走边问，“柯斯嘉？莫罗兹卡回来了吗？”

“你一直睡在阁楼上！”柯斯嘉十分失望地说，“太糟糕了，我竟然不知道。别再等莫罗兹卡了，他跑去狂欢了，他想忘了那匹马，肯定又喝得酩酊大醉。很冷吧？有火柴吗？”

她在口袋里摸了半天，找出一盒。他擦了根火柴，用自己的大手遮着火，照了照她的脸。

“你的气色不太好，小妞。”他笑着说。

“你留着那盒火柴吧。”她竖起衣领，往门外走。

“你去哪儿？”

“我去找他！”

“莫罗兹卡？得了，得了！也许我可以代替他，啊？”

“不，我不这样想。”

“哈，这可真新鲜！”

她没再说话。“她是我们中的一分子……一个好姑娘！”哨兵心里想道。

路上很黑，瓦莉娅勉强能看清道路，天上飘起毛毛细雨，从院子里隐约传来令人紧张不安的声响。栅栏旁边，一只冻僵的小狗痛苦地哀鸣着，瓦莉娅摸索了半天才找到它，把它揣到了怀里，小狗不住地颤抖，脑袋使劲往她怀里拱。在一间木屋旁边，她碰到库波拉克排里的哨兵，问他知不知道莫罗兹卡在哪儿，哨兵让她去教堂那里找。她找了半个村子也没找到他，只好非常失望地往回走。

她不知穿过了多少条巷子，回去的时候已经认不清路，只得随意往前走，几乎不知道自己要去哪儿。怀里的小狗已经暖和过来，她把它抱得更紧了。走了大概一个小时，才找到通往杜鲍夫驻扎地的小路。她用那只空出来的手扶着栅栏，免得滑倒，刚在这条路上走了没几步，差点儿被莫罗兹卡绊倒。

他正趴在栅栏旁边，脑袋垫在手上，轻轻地呻吟着，看样子刚刚呕吐完。瓦莉娅实际上是凭着直觉认出是莫罗兹卡，这不是她第一次见到他这副模样。

“万尼亚！”她弯下腰，手掌温柔地拍了拍他的肩膀，说道，“你怎么躺在这里？很不舒服吗？”

他抬起头。她看见他的脸苍白、浮肿、毫无生气，觉得心里一阵难过——他看起来那么虚弱，那么瘦小。他认出是她，皮笑肉不笑地咧了一下嘴，努力控制自己的举止，倚着栅栏坐起来，两腿伸到地上。

“啊，是你啊！我要向……啊……你致敬！……”他用虚弱的声音含糊不清地说，可是还在尽力模仿以前那个无忧无虑、毫不在意的莫罗兹卡的说话腔调，“向……你致敬，莫罗兹卡同志！……”

“跟我来，万尼亚！”她扶着他的胳膊说，“你大概没力气走了吧？等一下，我马上去安排一下，先叫醒个人……”她直起身，下定决心要把他安置到最近的木屋里。她没想过深更半夜去叫醒陌生人是否合适，也没想过和一个醉醺醺的男人闯进去，人家会怎么看她，她从来不考虑这样的小事情。

但是莫罗兹卡却突然害怕地摇了摇头，声音沙哑地嘟囔着：

“不——不——不！……你要是敢把他们叫醒，我就要你好看！安静点！……”他在头旁边挥了挥拳头。她觉得，他好像吓得清醒一点儿了，“冈察仁科住在那里，你不知道吗？……你怎么能……”

“你胡说什么，亲爱的！”她弯下腰对他说，“你看，下雨了，这里已经湿透了，我们明天就得出发。起来，亲爱的！”

“不，我完了！……”他严肃而又伤心地说，“我是什么东西，我是谁啊，到底是干什么的？……想想吧，伙计们！……”他睁着一双浮肿湿润的眼睛痛苦地看了看四周。

她伸出那只空闲的胳膊搂着他，睫毛几乎碰到他的嘴唇，像呵护孩子一样温柔地低声说：

“干吗要那么难过呢，你在烦心什么，是在为那匹马难过吗？他们不是又给你弄了一匹吗？多好的一匹马！别难过了，亲爱的，别哭了！看看我捡的小狗，瞧瞧，多可爱的小狗！”她敞开上衣的领子，给他看那只昏睡的长耳朵狗。她是那么感动，整个身心都好像是在温柔地亲昵低语。

“噢，噢，小狗！”莫罗兹卡带着醉意温柔地说，伸手拽了拽它的耳朵，“你从哪儿弄的？还咬人，小坏蛋！”

“这就对了。起来，亲爱的！”

她扶他站起来，哄着他，不让他再想那些难过的事情，把他带到住的地方。这次他没有反抗，开始信任她，照她说的做。

在路上，他一次也没提密契克，她也没说他的任何事情，好像密契克根本没在两人之间存在过。没过多久，莫罗兹卡变得闷闷不乐，一句话也不说，他已经十分清醒了。

他们到了杜鲍夫住的房子那里，莫罗兹卡抓住梯子的横档想爬到阁楼上，但是腿根本不听使唤。

“要我帮忙吗？”瓦莉娅问。

“不用，我自己爬得上去，你这个蠢货！”他粗鲁地回答，想掩饰自己的窘境。

“好吧，再见！”

他的手垂下来，吃惊地看着她。

“什么意思——‘再见’？”

“没什么，只是‘再见’而已。”她勉强挤出一丝笑容，显得很忧伤。

他突然往前迈了一步，伸出手笨拙地抱住她，脸颊贴到她脸上。她觉得他想吻她，他确实有这种冲动，但却觉得很丢脸，因为矿上的小伙子很少亲吻姑娘们，只跟她们睡觉。他们一起生活的过程中，他只吻过她一次，在他们举行婚礼的那天，当时他喝得酩酊大醉，周围的人起哄，“亲吻新娘！”

“就这样了，又和以前一样了，好像什么都没发生一样。”瓦莉娅想道，心里既难过又苦涩，这时莫罗兹卡头枕着她的肩膀，心满意足地睡着了，“又回到老路上了，还是老一套，总是向着同一个地方。但是，上帝啊，这里哪有什么乐趣啊？”

她转过身背对着莫罗兹卡，闭上眼睛，蜷起腿，但还是一夜未眠。村后很远的地方，是黄泥河子乡大路的起始地，哨兵们就在那里站岗，这时，从那里传来三声枪响，是哨兵的报警信号。瓦莉娅立刻叫醒莫罗兹卡，当他抬起乱蓬蓬的脑袋时，村后又响起哨兵的报警枪声，就在这时，机枪像狼嚎般咆哮起来，刺穿了夜晚的寂静和黑暗。

莫罗兹卡生气地晃了晃脑袋，跟着瓦莉娅从梯子上爬下来。雨已经停了，风却吹得更猛烈了，不知哪里的窗板“砰砰”地响个不停，被雨打湿的枯叶在黑暗里飞旋，有些房子里亮起了灯光。杜鲍夫排里的哨兵喊叫着，边跑边不断地敲击着窗户。

莫罗兹卡花了几分钟才找到马棚，牵出他的“犹大”，脑子里还一直浮现昨天所发生的一切。当他再一次看到长着玻璃般眼珠的米什卡躺在那里的时候，心痛得紧缩起来。突然，他又怀着无比厌恶和憎恨的心情，想起昨天晚上自己的恶劣行径——喝得酩酊大醉，摇摇晃晃地走在街上，每个人都看见了这个烂醉的游击队员，听见他满村子吆喝下流歌曲，还和自己的对头密契克走在一起，像老朋友一样一起狂饮，而他自己，莫罗兹卡，还发誓爱着密契克，乞求他的原谅。为什么？干吗要这样？……现在他觉得自己的行为真是极其荒谬可笑。莱奋生会怎么说？这么大嚷大闹，还怎么好意思去见冈察仁科？

大多数同志都在装马鞍，还有一些已经牵着马往外走了，可是他却一团糟，马鞍上没有带子，步枪还落在冈察仁科住的小屋里。

“季摩菲，好伙计，帮帮我吧！”他看到杜鲍夫跑过院子，就带着哭腔、可怜巴巴地乞求，“把你那个多余的肚带给我吧——我知道你多一根。”

“什么？”杜鲍夫吼起来，“你这段时间到底在想什么？”他恶狠狠地咒骂着，粗暴地推开马，吓得马抬起前腿竖立起来，他冲到自己的马前找到那条肚带，又回到莫罗兹卡面前，生气地说，“给你！”突然用肚带使劲在莫罗兹卡的背上抽了一下。

“当然，他现在应该打我，我自作自受。”莫罗兹卡心想，一句话也没辩驳，甚至没感觉到疼痛。但是整个世界对他来说，变得更加阴暗了。黑暗中不断响起的枪声，黑暗本身，以及村外等着他的命运，似乎都是对他一生中所犯过错的惩罚。

杜鲍夫排集合的时候，敌人已经围成了半圆形，到了河边。炮弹拖着火焰，像蛇一样在空中划了一道弧线，落到村里爆炸。

巴克拉诺夫用皮带紧束住大衣，握着手枪，跑到门口大声喊，“下马！排成一列纵队！留下二十个人看马！”他对杜鲍夫说。过了几分钟他又喊，“跟我来！快点！”接着就冲进黑暗里，后面跟着一列纵队，他们边跑边扣上外套，打开子弹带。

路上他们遇见了逃回来的哨兵。

“他们是一整支部队！”他们一面惊慌地摆着胳膊，一面气喘吁吁地说。

野战炮“轰隆隆”地响个不停，炮弹在村子里爆炸的一刹那，顶上的天空突然亮起来，就连教堂倾斜的圆顶、牧师沾满晶莹露珠的园子也照得通红，随后，天空似乎更黑暗了。敌人频繁地发射炮弹，村头的一个地方火光四起，可能是一堆干草或者一间木屋着火了。

在莱奋生集合起分散在村里的队伍之前，巴克拉诺夫必须抵挡住敌人的进攻。但是，已经太晚了。巴克拉诺夫率领那排士兵还没到达公共牧场，在炸弹爆炸产生的亮光照射下，他们发现敌人已经迎面跑来，从敌人射击的方向和子弹呼啸而过的声音判断，他们从河边向左翼包围过来，随时都有可能从村子的那头攻进来。

巴克拉诺夫率领士兵边向右偏斜的方向撤退，边开枪反击，他们分成几个小组，在巷子里、院子里和菜园里曲折行进。巴克拉诺夫听到射击声开始是在河附近，然后转移到了中央，显然不多久敌人就能占领整个村子。突然，敌人的骑兵杀声震天地从大道上飞奔而过，路上一时间响声大作，数不清的人、马像火山喷发的熔岩一样黑压压地涌来。

巴克拉诺夫不再试图去阻挡敌人，率领着那一排撤退到未被敌人占领的地方，往树林方向跑去。整个排已经损失了大约十个人。在山谷边上最后一排农舍所在的地方，他们追上了莱奋生率领的等在那儿的部队，队伍明显稀疏了许多。

“他们来了！”莱奋生松了一口气，“快上马！”

他们纵身上马，向黑暗中洼地里隐约出现的树林疾驰而去。敌人发现了他们的行踪，机枪在后面“嗒嗒”地扫射，铅灰色的子弹像大黄蜂一样在头顶上“嗡嗡”乱叫，冒着火焰的炮弹又开始像蛇一样飞舞，点亮了天空。它们展开火红的尾巴，“嘶嘶”地叫喊着，从上面猛冲下来，钻进马蹄旁的泥土里，吓得马一下子蹦到旁边，张开燥热的血盆大口，像女人一样大喊大叫。部队丢下那些在地上扭动的身体，又一次集合起来。

莱奋生回过头，看见村子上空冒着熊熊烈火，许多房子着火了。在这片熊熊的火光映照下，人们的脸变得通红，一个个黑色的身影或独自一人、或三五成群地仓皇奔逃。

一直在莱奋生旁边疾驰的斯塔欣斯基，突然从马上摔下来，一只脚挂在脚镫上，被马拖着走了好几秒钟脚才慢慢滑下去，而马还在拼命往前跑。后面的士兵都绕着跑开了，担心踩着尸体。

“莱奋生，快看！”巴克拉诺夫指着右边方向，兴奋地大叫起来。

部队下到山谷中最低的洼地，飞快地朝树林奔去。敌人的骑兵穿过黑暗的田野和天空的交界线，疾驰而来，穷追不舍，他们几乎弓背伏在伸长的马颈上。到了天空比较明亮的地方，有一瞬间可以看到他们，但是几乎同时，他们沿着山坡奔驰而下，再一次消失在黑暗里。

“快点！快点！”莱奋生喊道，他不时地回头张望，用马刺策马前行。

最后他们终于到达树林边上，从马上跳下来。巴克拉诺夫还是率领杜鲍夫的排留在最后，为撤退作掩护。其他人牵着缰绳往树林深处走去。

树林里寂静安宁。机枪的“嗒嗒”声、手枪的“噼啪”声，还有野战炮的“隆隆”声，似乎都被远远地抛在后面，好像这些让人感到陌生的声音不会打搅到树林的静谧。有时他们能听见炮弹在树林深处“轰”的一声爆炸，炸毁了许多树木。火光穿过茂密的枝叶，在地面和树干上投射出铜色的不祥的光芒，越往边缘颜色越暗，树上潮湿的苔藓像是浸泡在血里似的。

莱奋生让叶菲姆卡替他牵着马，告诉库波拉克应该走哪个方向，命令他在前面带路（他之所以选择了这个方向，只不过因为大伙儿心里期待一个确定的命令），他自己则站在一旁清点队伍的人数。

大伙儿从他身边走过。他们浑身湿透，疲惫不堪，心里充满了怒气，笨拙地弯着膝盖，眼睛不时地向黑暗里窥探。每走一步就会溅起许多水花，在这树林里的湿地上，有时水会没到马的腹部。

对杜鲍夫排里负责牵马的人来说，情况更加艰苦。他们每人要牵三匹马，只有瓦莉娅牵着两匹——她的和莫罗兹卡的。在这片树林里，疲倦的人们排着稀稀拉拉的队伍，在泥泞的土地上踩出一条弯弯曲曲的散发着臭味的痕迹，仿佛有一只黏糊糊、臭烘烘的蜥蜴从这里爬过。

莱奋生走在最后，一会儿跛着这只脚，一会儿跛着另一只脚。队伍突然停下了。

“前面怎么回事？”他问。

“不知道。”一个在他前面走的游击队员回答，这人是密契克。

“往前传话问一下。”

没多久，答案经过几十张苍白颤抖的嘴唇传过来：

“前面是沼泽地，过不去。”

莱奋生拼命抑制住双腿的突然颤抖，向库波拉克跑去。那些树木刚吞没了他的身影，整个队伍就往后涌，四下寻找道路，但是周围是一片黑压压的无法逾越的沼泽，唯一可以通过的就是他们来时的路，那条由矿工组成的排英勇保卫的路。树林边的枪声对他们来说不再那么遥远，变成和命运息息相关的事情。枪声似乎越来越近了。

人们感到极度的愤怒和绝望，搜寻着那个使他们陷入如此绝境的人，毫无疑问，这人就是莱奋生。如果这时候看见他，他们会带着自己所有的恐惧向他扑去。既然他领他们来到这里，就应该带他们出去。

突然，他真的出现了，站在这群惊恐不安的人们中间，手举着火把，长着大胡子的脸在火光的照耀下清晰可见，他脸色苍白，牙齿紧闭，圆圆的大眼睛冒着火光，飞快地在大伙儿脸上移动，人群忽然沉默了，只听到从林边传来惨烈战斗的声响，这时，他那紧张、尖细、刺耳、沙哑的声音响起，传到了每个人的耳朵：

“谁弄乱了队伍？给我回去！只有娘们才会这么害怕！不许讲话！”他像狼一样咬着牙，突然拔出毛瑟枪，大声喊。人们的抗议声立刻在嘴边凝固。“听我的命令！我们必须在沼泽地上铺一条路，没有其他办法。鲍里索夫！”鲍里索夫是三排的新排长。“留几个人牵马，其他人都去支援巴克拉诺夫。告诉他没有我的命令不准撤退。库波拉克！派三个人去联系巴克拉诺夫。都给我听着，拴好你们的马，派两个班去砍灌木，不要不舍得你们的军刀！其他人由库波拉克指挥，无条件地服从他的指挥！库波拉克，跟我来！”他转过身，把发着微弱光亮的松木火把举过头顶，弯着腰朝沼泽地走去。

这一大群人挤在一块，慢慢安静下来，精神沮丧。他们刚才还在痛哭流涕，在极度绝望中举起胳膊，要去大开杀戒，转眼间就顺从地以不可思议的速度行动起来，眨眼工夫就已经把马拴好，抡起了斧头，军刀砍得桤木咔咔作响。鲍里索夫率领的那一排士兵很快消失在黑暗里，只听到他们的武器“嗒嗒”地响个不停，脚踩在地上发出“咯吱咯吱”的声音，在路上他们碰到第一批抱着湿树枝走回来的人。一棵枝繁叶茂、沙沙作响的大树“轰”的一声倒在柔软却危险的东西上，在松木火把的照射下，可以看到泥泞的深绿色水面，上面覆盖着一层厚厚的波浪般起伏的浮萍，看上去像一条巨大的蟒蛇。

他们借着已没有火焰的松木火把的微弱光亮，紧紧抓着树枝，在泥里、水里挣扎着，仿佛是在一个死亡的黑洞里。黑暗中，他们扭曲的脸庞、弯曲的背，以及巨大的纠结在一起的树枝在火把的照射下隐现。他们扔掉大衣拼命地干活，透过扯破的裤子和衬衫可以看到他们紧实的、汗水湿透的、被划破还流着鲜血的身体。他们已经忘了时间空间，忘了自己的身体，忘了耻辱、疼痛和疲倦，在稍作休息的时候，他们就用帽子舀些散发着蛙卵气味的污浊的沼泽水，像一只受伤的野兽，贪婪地大口大口喝下去。

枪声每分每秒都在逼近，越来越大，越来越激烈。巴克拉诺夫不断地派人来问："快弄完了吗？快弄完了吗？……"

他已经损失了几乎一半的战士，包括身中数枪、流血而死的杜鲍夫。他慢慢地一寸一寸地往后退，直到退到大伙儿砍树枝铺路的灌木丛旁边，这时已经无法再往后退。敌人的子弹在沼泽地上"嗖嗖"地飞过，正在干活的几个人受了伤，瓦莉娅给他们包扎好伤口。马受到枪声的惊吓，疯狂地嘶叫着，身体惊恐地竖立起来，有几匹马挣脱缰绳，在树林里四处乱跑，掉进沼泽里，发出可怜的求救声。

抵挡敌人的游击队员一听说路铺好了，马上站起来，往回跑。巴克拉诺夫两颊深陷、眼睛红肿、脸让硝烟熏得乌黑，他跑在他们后面，用打光了子弹的柯尔特手枪吓唬他们，悲愤地抽泣起来。

大伙儿叫嚷着，挥舞着火把和武器，拽着不肯往前走的马，立刻涌到刚铺好的路上。受惊的马根本不听指挥，拼命地反抗，后面惊恐的马撞到前面的马身上，灌木铺成的路发出爆裂声，仿佛马上要垮掉。快到路上时，密契克的马掉进沼泽里，大伙儿不得不用绳子往上拉，发出一片愤怒的吆喝声和咒骂声。密契克痉挛地抓着滑溜溜的绳子，马发疯般地挣扎，他手中的绳子也不停地抖动。他使劲地往上拉，不小心让黏糊糊的树枝绊倒在地。最后终于把马拽了上来，他又开始拼命地去解绑在马前腿上的绳结。他的精神极度亢奋，毫不犹豫地张开嘴去咬那个沾满恶心的黏液、散发着沼泽恶臭的苦涩的绳结。

最后过来的是莱奋生和冈察仁科。

爆破手安装了一个地雷，敌人刚刚到达沼泽上的那条路，树枝铺成的路就炸上了天。

过了一段时间，大伙儿才缓过神来，发现已经到了早上。前面的泰加森林覆盖着一层亮闪闪的粉红色的霜。透过枝叶可以看到蓝色的天空，太阳正从树林后面升起。人们扔掉了不知为何一直举过头顶的还在燃烧的火把，看了看受伤的通红的双手，和湿漉漉的筋疲力尽的、浑身散发着一层轻薄热气的马，万分惊恐地回想起昨晚所发生的一切。

第十七章

十九人

离他们用灌木枝铺路的地点大约五俄里的地方，有一座通往上陀一瓦卡大道的大桥横跨在沼泽上。昨天晚上，哥萨克们担心莱奋生不会在村子里过夜，就在离桥八俄里的路上设下了埋伏。

他们在那里守了一整夜，听到远处传来的枪声。到了早上，一个传令兵疾驰而来，传话给他们，继续守在原地，敌人已经过了沼泽，正向他们走来。传令兵刚走了十分钟，莱奋生率领的部队就出现在土陀一瓦卡大道上。他们根本不知道前面已经设好埋伏，也不知道敌人的传令兵传达的命令。

太阳高高地悬在树林上面，晨霜已经融化，蔚蓝的天空万里无云，一明如洗，两旁湿润的树木泛着金色的光芒，遮蔽着大道。这一天温暖宜人，似乎不属于秋季。

莱奋生心不在焉地看了看这明亮、纯净、灿烂的美景，丝毫不为之所动。他望着自己率领的已经损失了三分之二的士兵队伍，筋疲力尽、神情凄惨地在路上拖沓地往前走，意识到自己是多么疲惫不堪，对这些沮丧地拖在他身后的人们自己又是多么的无能为力。这些疲倦但却忠诚的人们，是他在这个世界上最亲密的人，比其他所有事物，甚至比他自己的生命都更重要，他时时刻刻都能感受到对他们的责任。但是现在，他似乎已经无法为他们做任何事情，无法再领导他们，只是他们还没有意识到这一点，还是继续跟着他，像兽群习惯了自己的头领。这正是昨天早晨他想起麦杰里查的死亡时，心里最担心的事情。

他努力想控制住自己，集中注意力去考虑一些既实际又必须要做的事情，但是脑子乱作一团，眼睛像被粘上一样怎么也睁不开。奇怪的形象、回忆的碎片、对于周围事物的模糊印象，这些混混沌沌、自相矛盾的无形东西在脑海中缭绕，变化多端，无声无息，“为什么这条没有尽头的道路，这些湿漉漉的树叶，还有这死寂的天空，我都不在意呢？是的，我必须到达土陀—瓦卡。土陀—瓦卡，多奇怪的名字！但是，我太累了，太想睡会儿。我困死了，这些人到底还要求我做什么？他在对我说侦察兵。是的，是侦察兵……他的脑袋又圆又和善……和我儿子的一样……当然，我们必须派侦察兵去侦察，过会儿再……睡觉，睡觉……不，不像我儿子的脑袋，但是……什么？”“你说什么？”他突然抬起头问。

巴克拉诺夫正骑着马和他并排走在一起。

“我说我们应该派人去侦察一下。”

“是的，应该派人去侦察，你去下命令吧。”

过了一分钟，一个人骑着马疲惫地从莱奋生身旁跑过，队长看了看骑马人弓着的后背，认出是密契克。他觉得，派密契克出去侦察有什么地方不对劲，但是也没仔细考虑到底怎么回事，眨眼工夫就把这件事忘得一干二净。接着，又有一个人跑了过去。

“莫罗兹卡！”巴克拉诺夫冲着第二个侦察兵喊，“不要走散了……”

“他还活着？”莱奋生心想，“杜鲍夫死了，可怜的杜鲍夫！莫罗兹卡做什么了？是的，那是昨天晚上的事，他当时幸好没让我看见。”

密契克骑马跑了很远，回头看了看，莫罗兹卡离他大约五十码，仍然可以看到部队，但是拐弯以后，队伍和莫罗兹卡都看不见了。尼夫卡的速度慢了下来，密契克机械地用马刺催促它。他不清楚为什么派自己提前出来，他们命令他快跑，他就顺从地跑了出来。

道路在潮湿的斜坡上蜿蜒，山坡上覆盖着茂密的挂满红叶子的橡树和槭树。尼夫卡不安地颤抖着，身体紧挨着灌木丛，上坡的时候，它的速度慢下来，一步一步往上走。密契克坐在马鞍上昏昏欲睡，不再催促它，有时他会突然醒来，迷茫地看着密不透风的树林深处：无边无际，难见天日。此时，他极度沮丧、魂不附体。

突然，尼夫卡惊恐地打了个响鼻，掉头就往灌木丛里钻，密契克一下子和柔韧的树枝挤在一起。他抬起头，一种难以形容的恐慌顿时打消了睡意：在路上，离他几步远的地方，站着几个哥萨克士兵。

“下来！”其中一个用嘶哑低沉的嗓音说。

另一个哥萨克士兵抓着尼夫卡的缰绳。密契克低声叫喊了一句，从马鞍上滑下来，丢脸地躲躲闪闪，然后突然以闪电般的速度滚下山坡，胳膊撞到潮湿粗糙的树干上，他跳起来，接着又滑倒。他惊恐地说不出话，手忙脚乱地在地上挣扎了好几分钟，最后终于站起身，沿着山谷冲下去，身体恐惧得已经没有任何感觉，一路上拼命抓住一切可以抓住的东西，有时还会高高跃起。他们一直穷追不舍。身后的灌木发出“噼噼啪啪”的折断声，有人边跑边不停地咒骂，气冲冲地喘着粗气。

莫罗兹卡知道前面还有一个侦察员，就对周围的情况放松了警惕。他已经疲惫不堪，所有的念头，甚至是最重要的想法，都已经消失殆尽，只是迫切地想休息一下——无论如何都要休息一下。他没考虑到自己的生命，没想到瓦莉娅，也不再顾及冈察仁科对他的看法，甚至没有力气去为杜鲍夫的死感到难过，虽然杜鲍夫和他很亲近。他只想着什么时候会有一片乐土出现在他面前，可以安详地把疲倦的脑袋枕在上面。他设想的乐土是一个安宁的沐浴在阳光里的大村庄，处处可见吃草的牛和善良的人们，空气中弥漫着干草和家畜的气味。他想象着自己拴好马匹，就着一大片散发香味的黑面包喝一碗牛奶，然后爬到放干草的阁楼，头枕在肩膀上，暖和的大衣塞到脚下，美美地睡上一觉。

就在这时，戴着黄色帽檐军帽的哥萨克士兵突然窜到他面前，“犹大”猛地往后退，跌进一块绣球花丛中，红色的叶子在他眼前像血滴一样颤抖。他的脑海中即刻意识到，这里刚刚发生了一场前所未闻的可耻的背叛行为，而这个念头取代了他关于阳光明媚的大村庄的愉悦幻想。

“他跑了，这条毒蛇！”莫罗兹卡嚷道。密契克那双清澈而又令人憎恶的眼睛异常清晰地出现在他面前，同时，他又为自己和走在后面的人感到一种痛苦、揪心的同情。

他并没有为自己即将死去，无法再感觉、再行动而感到遗憾，他甚至不能想象自己会处在一个那么奇怪的状态当中，因为他还活着，痛苦着，行动着。但是他非常清楚地知道，自己再也见不到幻想中沐浴在阳光里的大村庄，见不到后面那些亲爱的同志们和弟兄们。然而，他们——那些疲倦的、毫无戒备之心的、信任他的人们——是他生命中极其重要的一部分，所以他不能只想到自己，所以他要在还来得及的情况下向他们发出危险的警告……他迅速掏出手枪，高举过头顶，这样人们可以听得更清楚，然后按之前的约定向空中连发三枪。

就在这时，眼前闪过一道亮光，只听“啪”的一声，世界似乎裂成了两半，他的头往后一仰，和“犹大”一起倒在灌木丛中。

那几声枪响对于目前状态的莱奋生来说，是那么突如其来，那么难以置信，乍听到枪声时，他根本没反应过来发生了什么事情，等听到朝莫罗兹卡的齐射才明白过来。马匹都抬起头，竖起耳朵，一动不动地站着。

他无助地回头看了看，第一次想从别人那里寻求帮助，但是游击队员们瘦削苍白的脸，似乎融合成了一张恐怖的无声质问的脸，而莱奋生从这些脸上也只读到了无助和恐惧。“就是这些——我一直所担心的事情！”莱奋生心想，伸手做了个手势，仿佛想抓住什么，但是却没有找到。

突然，他清楚地看到了巴克拉诺夫那张率直、孩子气的脸，一张略显天真、但被硝烟熏黑变硬的脸。他一只手握着枪，另一只手紧紧抓着马肩隆，上面显出他粗短的孩子般的手指印，眼睛紧张地注视着枪声传来的方向，那张颧骨高耸的天真的脸期待地往前倾，等待着命令，脸上燃烧着部队里最好的士兵愿为之丧命的崇高真诚的热情。

莱奋生为之一振，挺直身体，一种甜蜜而又苦楚的东西在他心里颤抖。他猛地拔出军刀，也目光矍铄地往前倾。

“我们要拼命冲出去吧？”他声音嘶哑地问巴克拉诺夫。

他突然把军刀举过头顶，军刀在太阳的照射下发出耀眼的光芒。这时，每个游击队员同样为之震颤，踩着马镫，挺直身体。

巴克拉诺夫神情凶猛地瞅了一眼军刀，转过脸对着大伙儿，声音刺耳地大吼一声。莱奋生没听见他喊什么，但被巴克拉诺夫拔出军刀的那股浩然正气所感染，此时他激情澎湃，沿着大路往前飞奔，而且坚信，整个队伍会立刻跟着他冲上去。

过了一会儿，他回头看了一眼，大伙儿果然都跟在他后面疾驰。他们伏在马背上，勇敢地向前伸出下巴，眼睛里燃烧着和他在巴克拉诺夫身上看到的同样紧张又亢奋的激情。

这是他脑海中最后清晰的印象，因为就在此刻，一个耀眼炫目、震耳欲聋的东西“轰”的一声向他压下来，突然之间天旋地转，神志模糊，只觉得自己还活着，仿佛正在一个沸腾的橙色深渊上疾驰。

密契克没有回头，也听不到追赶者的任何动静，但是他还是觉得有人在追他，听到接连的三声枪响，还有紧随其后的一阵齐射，以为这一定是他们在向他开枪，他跑得更快了。突然眼前的峡谷现出一小片长满树木的谷地，密契克左转右转，又一次滚下山坡。这时，一轮新的齐射声震耳欲聋地响起，比刚才更大声更密集，然后一轮接着一轮，没有间隔，把整个树林都摇晃醒了。

“哦，上帝，上帝啊！哦，哦，上帝啊！……”密契克听到枪声，时而喃喃自语，时而大声喊叫，故意可怜巴巴地把满是擦伤的脸扭成小孩要哭的模样，但是眼睛却挤不出一滴眼泪，干燥得令人憎恶，让人感到羞愧。他费尽全力，一刻也不停地往前跑。

枪声越来越远，似乎改变了射击的方向，然后完全消失了。

密契克回头看了几次，没有发现追兵，周围是一片孤寂而空洞的静谧。他喘着粗气，一下子倒在最近的灌木边，心脏怦怦乱跳。他蜷起身，双手垫在脸下面，眼睛直直地看着前面，就这样一动不动地躺了几分钟。离他大约十步远的地方，有一棵光秃纤细、几乎弯到地上的白桦树，正沐浴着阳光，树上有一只小金花鼠，正睁着天真泛黄的眼睛看着他。

密契克猛地坐起来，抱着头大声呻吟起来，把小金花鼠吓得“吱”的一声躲进草里。他的眼睛里闪过一道发疯般的光芒。他用手揪着头发，在地上打起滚，号啕大哭起来，“我做了什么？我做了什么？”他边喊边用胳膊肘和腹部撑着在地上滚来滚去。他越清楚地明白自己逃跑所造成的后果，以及最初的三声枪响和随之而来的枪击的真正意义，就越觉得羞耻和自怜，“我到底做了什么？我怎么能做出这种事？我这么善良诚实的人，从来不愿伤害别人，哦，哦，我怎么能做出这种事？……”

他越觉得自己的行为邪恶可憎，就越感到做这事之前自己是多么优秀、纯洁、高贵。实际上，他感到痛苦并不是因为自己的所作所为让信任他的几十个人丢了性命，而是因为这将会给他自己所认为的善良纯洁的品质刻上一个永远无法消除的卑鄙肮脏的痕迹。

他机械地掏出手枪，恐惧而又疑惑地看着它，他知道自己不会自杀，也不可能自杀，因为在这个世界上他最爱的就是自己——那皮肤白皙但却肮脏无力的双手，那悲切的声音，那些痛苦，那些行为——甚至包括其中最卑劣的行为。他显得鬼鬼祟祟、偷偷摸摸，只闻到手枪上的油味就已经吓得心惊胆战，他装出一副什么都不知道的样子，飞快地把枪又放进口袋里。

他不再呻吟也不再哭泣，双手捂着脸，静静地趴在地上。从他离开城市开始，这几个月的经历又一次令人厌倦、伤感地浮现在脑海里：现在引以为耻的那些天真的梦想、第一次参加战斗和负伤的痛苦、莫罗兹卡、医院、头发花白的老头儿皮卡、死去的弗罗洛夫、长着一双他以前从未见过以后也不会见到的忧郁大眼睛的瓦莉娅，以及最后这次惊险的过沼泽的经历，让其他的一切都变得毫无意义。

“我不想再过那样的生活。”密契克怀着出人意料的坦诚和清醒想到，心里充满了对自己的怜悯，“我再也忍受不了了。我不想再过这种低级、残酷、可怕的生活。”他又想，急切证明自己有多么可怜，希望这种懦弱的想法可以掩盖自己卑劣的内心。

他仍然不停地责备自己，为自己的行为感到后悔，但是一想到现在自己已经完全自由，可以到一个没有恐惧、没人了解自己过去的地方，心里就涌出一种无法克制的期盼和愉悦。“我现在要回到城里去，其他没什么可以做的。”他下定决心，极力证明这样做是必需的，但却无法抑制对未来既喜悦又羞愧的复杂情感，以及梦想无法实现的恐惧心理。

太阳爬到那棵弯曲的白桦树的另一边，小树笼罩在阴影里。密契克掏出手枪，扔到灌木丛里。后来，他发现一眼小泉，洗了洗脸，在旁边坐了下来。他还是不敢到大路上去，“要是白军在那儿怎么办？”他心里仍然很害怕。他听到泉水在草丛里温柔地嬉戏，“有什么区别吗？”他突然怀着坦诚和清醒的意识想到。他现在知道，该如何在善良的多愁善感的思想情感下面找到这种坦诚和清醒。

他深深地叹了口气，扣上衬衫，慢慢地朝土陀—瓦卡大道方向走去。

莱奋生不知道那种半昏迷的状态持续了多长时间，自己觉得很长，但实际上最多只有一分钟。清醒以后发现自己还坐在马鞍上，他感到非常吃惊，但是手里的军刀已经不见了，眼前这个长着黑色鬃毛的马头还在向前飞奔，一只耳朵不停地流着血。

这时他才听到枪声，而且意识到这是在向他射击，密集的子弹呼啸着在头顶飞过，但同时也明白了子弹是从背后射过来的，最恐怖的时刻已经过去了。接着，有两个人骑着马追了上来，是瓦莉娅和冈察仁科，爆破手的一边面颊不住地流血。莱奋生想起了自己的队伍，回头看了看，已经没有队伍了：路上满是人和马的尸体。库波拉克率领着几个人正拼命地往前冲，想追上莱奋生。再往后还有一些人，但人数却在不断地减少。有个人骑着一匹跛足的马，拖在队伍的最后面，他振臂高呼，几个戴着黄色帽檐帽子的人把他团团围住，用枪柄打他，他的身体摇晃了几下，跌了下去。莱奋生痛苦地皱了皱眉，转过脸来。

这时，他和瓦莉娅、冈察仁科到了拐弯的地方，枪声越来越微弱，耳边也没有子弹呼啸而过。莱奋生机械地勒住马，冲出来的游击队员一个接一个地赶了上来，冈察仁科数了数，包括他和莱奋生在内，还有十九个人。他们盯着面前这条像丧家的黄毛狗一样飞奔、又窄又黄的沉默的小路，一言不发地沿着斜坡往下疾驰了很长时间，眼里仍隐藏着恐惧，但却逐渐露出喜悦的神情。

渐渐地，马匹开始放慢脚步，现在他们可以清楚地看到烧焦的树桩、灌木丛、路标，以及远处树林上方晴朗的天空。后来马开始慢慢地踱步。

莱奋生比其他人稍微快一些，低着头，陷入沉思。有时他无助地回过头，似乎要问什么事情，但又忽然想不起要说什么，奇怪痛楚的眼神久久地、茫然地注视着大家，突然，他勒住马，转过身，那双深陷的蓝色大眼睛第一次带着理解的神色看着大家，剩下的十八个人步调一致地停了下来，顿时警觉起来。

“巴克拉诺夫呢？”莱奋生问。

十八个人沉默地看着他，显得不知所措。

“巴克拉诺夫被他们杀了。”最后冈察仁科说，眼睛严峻地盯着自己握着缰绳的骨节粗大的手。

在他旁边弓着背骑在马背上的瓦莉娅，突然趴到马颈上，歇斯底里地号啕大哭。她那乱蓬蓬的长辫子几乎垂到了地上，似乎在蠕动。马疲惫地抽了抽耳朵，合拢下垂的嘴唇。“金翅雀”斜着眼睛看了看瓦莉娅，拼命抑制住眼泪，迅速地别过脸去。

莱奋生的眼睛一直盯着大伙儿的头顶上方，突然之间他似乎有些崩溃、有些萎缩，大伙儿觉得他一下子虚弱了许多、老了许多。但是他不再为自己的虚弱感到羞耻，也不再试图掩饰它。他安静地坐在马背上，眼睛看着下方，轻轻地眨了眨湿润的长睫毛，泪水顺着胡子流了下来。大伙儿都转过脸不看他，他们害怕自己也忍不住流下眼泪。

莱奋生调转马头，慢慢地走在前面，部队跟在他的后面。

“别哭了，哭有什么用。”冈察仁科拍了拍瓦莉娅的肩膀，满怀歉意地说。

每次莱奋生觉得不知所措时，就茫然地往后看，突然想起巴克拉诺夫已经不在了，又忍不住哭了起来。

他们十九个人，就这样骑马从泰加森林里走了出来。

他们出乎意料地穿过了那片森林，展现在眼前的是天高气爽的广阔蓝天和沐浴在阳光里的一望无际的田野。地里的庄稼已经收割完毕，呈现出耀眼的黄褐色。旁边有一片柳树林，一条波光粼粼、涨满水的蓝色小河从林里穿过，树林旁边是堆满粗壮干草垛的打麦场，草垛的顶部泛着灿烂的金色。一种愉快忙碌的生活正在如火如荼地进行着，人们像五颜六色的昆虫一样在那里忙碌着，麦束在空中飞舞，打麦机发出单调清晰的响声，激动刺耳的声音和姑娘们的笑声从闪闪发光的糠皮和糠灰旋转的云朵中传出来。河对岸，隐约可见一座座蓝色的山脉耸入天空，山下是一片一片金色的树林。波浪起伏的连绵山峰飘着晶莹透明的云朵，时而泛着粉红，时而泛着蔚蓝。这些云彩涌进山谷，就像刚挤出的牛奶一样泛着泡沫，新鲜无比。

莱奋生眼睛湿润，默默地看着这片辽阔的天空和给予人们面包、休憩的大地，看着打麦场上那些陌生的人们。他们离他那么近，那么亲切，似乎他们变成了默默跟随他的那十八个人。他不再哭泣，人还得好好地活着，干自己该干的事。